川喜多橋之霧

三十前集

潘壘 著

總序
無擾為靜，單純最美

宋政坤

記得三十年前大二那年暑假，我一個人待在陽明山，窩在學校附近的宿舍裡——避暑、看書、打球，日子過得好不愜意。那時候我瘋狂的迷上讀小說，其中最喜歡且印象最深刻的就是潘壘寫的《魔鬼樹——孽子三部曲》、《靜靜的紅河》（以上皆聯經出版）。那年暑假我糾結在潘壘筆下小說人物的內心世界裡，山與海彷彿都充滿著熱與火，劇情結構好像電影，有鏡頭、有風景，愛恨糾纏，直叫人熱血澎湃。那是我年輕時代裡最美好的一個暑假，此後就再也沒有過。總覺得那年暑假帶走我少年時最後一個夏季！那段山上讀書無憂無慮的日子，在我記憶裡總是如此深刻。

之後幾年，我一直很納悶，像潘壘這樣一位優秀的小說家，怎麼會突然就銷聲匿跡似的，再也不見蹤影？難道他已經江郎才盡？或者他早已「棄文從影」？又或者是重返故鄉，至此消逝於天涯？我抱持這樣的疑惑，直到真正遇見他本人。

那是十年前（二〇〇四年）某天下午，《野風雜誌》創辦人師範先生，很意外地帶著一位看起來精神矍鑠的長輩造訪秀威公司。當他們突然出現在辦公室時，我一時還真有點手無足措，當時我正和幾位同仁開會，小小的辦公室擠不下更多的人，開會的同仁們見狀一哄而散。我一得知坐在師範身旁的就是作家潘壘時，當下真是驚訝到說不出話來，不是矯情，真正是恍然如夢。因為有太多年了，我幾乎再也沒有聽過潘壘的消息；就像已經有太多年了，我幾乎忘掉那一個青春的盛夏！

我們好像連客套的問候都還沒開始，潘壘先生就急著問我是否有可能重新出版他的作品，而且如果能夠的話，他想出版一整套完整的作品全集。我當時才確認，潘壘八〇年代以後再也沒有新作問世。他突然丟出這個難題，我一時竟答不出話來，想到這套作品至少有上百萬字，全部需要重新打字、編校、排版、設計，這無疑將會是一筆龐大的支出，以當時公司草創初期的困窘，我實在沒有太多勇氣敢答應。對於這麼一位曾經在我年輕時十分推崇而著迷的作家，竟是在這樣一個場合下碰面，我實在感到十分難堪。在無力承諾完成託付的當下，我偷偷地瞥他一眼，見他流露出一抹失落的眼神，老實說，我心情非常難過，甚至於有一種羞愧的感覺。這件事、這種遺憾，我很少跟別人說，卻始終一直放在心上，直到去年。

去年，在一次很偶然的機會裡，我得知國家電影資料館即將出版《不枉此生——潘壘回憶錄》（左桂芳編著），秀威公司很榮幸能夠從中協助，在過程中我告訴編輯，希望能夠主動告知潘壘先生，秀威願意替他完成當年未竟的夢想，這次一定會克服困難，不計代價，全力完成《潘壘全集》的重新出版。對我來說，多年的遺憾終能放下，心中真有一股說不出來的喜悅。作為一個曾經熱愛文藝的青年，已屆中年後卻仍有機會為自己敬愛的作家做一些事，這真是一種榮耀，我衷心感謝這樣的機會，這就像是年輕時聽過的優美歌曲，讓它重新有機會在另一個年輕的山谷中幽幽響起，那不正是我們對這個世界的傳承與愛嗎？

最後，我要感謝《潘壘全集》的催生者師範先生，感謝他不斷給予我這後生晚輩的鼓勵與提攜；同時也要感謝《文訊雜誌》社長封德屏女士，感謝她為我們這個時代的文學記憶保存許多珍貴的資料；當然，本全集的執行編輯林泰宏先生，在潘壘生活的安養院裡花了許多時間跟他老人家面對面訪談，多次往返奔波，詳細紀錄溝通，在此一併致謝。

無擾為靜，單純最美。當繁華落盡，我們要珍惜那個沒有虛華、沒有吹捧，最純粹也最靜美的心靈角落。當潘壘的生命來到一個不再被庸俗干擾的安靜之境，當他的作品只緩緩沉澱在讀者單純閱讀的喜悅中，我想，一個不會被忘記的靈魂，無論他的身分是「作家」，或是「導演」，都將永遠活在人們的心中。

謹以此再次向潘壘先生致敬！

二〇一四年八月一日

目次

短篇小說（一九五一—一九五三）

詩與散文（一九四二—一九五四）

囈語集

在十七歲至二十五歲之間，是我對文學最狂熱的一段時期，我時常在神奇的剎那間，捕捉到一些可能被稱為「靈感」的、不完整的、使自己驟然微微激動起來的——一個怪誕的思想或美的意境。於是便情不自禁地馬上將它記錄下來。因為它往往突如其來，其來勢如狂潮，但轉瞬即逝。所以通常都是隨手寫在紙片、書頁、信封，或任何東西上。民國四十年春天在北投大屯山麓翠屋養病時，無意間將這些斷章殘句收集起來，抄在一本筆記簿上。當時並無意將它發表，封面上起的「囈語集」三字，也只是表示其不知所云而已。

比方，其中有一段是用蠅頭那麼大的字體，密密麻麻地寫在一份朋友寄來的請帖上的。記得當時大概是沒擠上公共汽車，適遇一隊穿著白衣紅字的救世軍敲著鼓樂走過，感觸之下，才一時激發出這種「狂想」。節錄如下：

如那些經文
和那些人所說
現實的世界上如果真的有一個神的話
（他們堅信他是萬物的主宰
無處不有
無處不在）
那麼我實在不需要那麼慎重其事地刻意的去相信他

（如同我從未懷疑過親人與朋友們的存在）
即使他真的存在他的存在
並不是對每一個人都那麼重要

你，朋友
你確確實實生存在世界上
即使
你也和他一樣是個了不起的大人物
我也不需要
用種種方法去證明
你的存在
而且，你的存在
也並不是對每一個人
都那麼重要

有一天，朋友
你終於離開了塵世
你的屍骸

可能火化為灰
或深埋於地下
或者
被浸在藥水缸裡
製成標本
在理論上說
親愛的朋友
你仍然「存在」於地球上
可是
你不能再和我站在一起
說一句話
做一件事
最多，也只能和北京人頭骨一樣
除了人類考古學家
或博物館的櫥窗
你的存在
並不是對每一個人
都那麼重要

——刪節……

因此
希望我去相信
那個被稱為神的人
對我重要
我寧可相信木頭
稱木頭為神
它，木頭
才是真正的無處不有
無處不在
它對於我，你
以及世界上所有的人
都那麼重要
從初生時所睡的搖籃
而至死亡後安息的棺槨
當然還有很多很多東西

我們將它
迫害，凌辱
將它改變成
種種取悅於我們的形狀
而，木頭
這位真神
它從不將遠古
我們祖先們所欠的「債」
暴加在我們的頭上

相信那
自稱為神的那個人
朋友
相信木頭吧
（它不是一樣的
具備了種種令人尊崇的美德
犧牲、寬恕、愛）
讓我們稱木頭為神吧

稱水為神吧
稱空氣和泥土為神吧
——刪節……

不然
有一天
你受到了恩寵
而又那麼憂愁地
（誰願意死）
排著隊
排在一串長長的行列後面
走進了
那個比針孔還狹窄的門
你一定會發現
朋友
誰是你的神
然後

你再從那些經典
及那些人所預期的天堂
（就像渡假旅行一樣）
有一天
你又回到這污濁的塵世
你又回到這地獄的故居
當你以一個遊子的
激動的心情
推開
那扇熟識的門
啊，朋友
讚美吧
你將會發現
裡面那個墮落的
既卑賤而又罪惡的
但是非常快樂的傢伙
他熱烈地向你張開手
朋友

你一定分辨不出
他是魔鬼
還是你自己

快稱呼自己為神吧
朋友
因為你已經將自己
變成了
那個「神」所喜悅的形狀了

你，我
都是神

民國四十年七月於臺北驕陽下

這就是我的「囈語」抽樣之一。

以下是另一種體裁。為了不願浪費篇幅，我只選錄下十一首。希望讀者不要把它們當作「詩」來看，將它們印出來，只是替自己留下一些曾經走過的痕跡而已。

1菩提伽雅（BUDDHAGAYA）[1]

一九四二・夏

老僧在我頸上掛上芬芳的花
引領我跣足輕步走入黃牆古寺的長廊
在那株菩提樹前
我虔誠地向千百年前的證道者乞討
我彷彿聽到佛的偈語
人生原是煩惱

2加爾各答街頭

一九四二・冬

BABU SHAHAP BAK-SIS[2]
一個抱著嬰兒的女人
誤認我是基督
跪在地上狂吻著我的雙足
對街有三名大不列顛士兵疾步而過

---

1 菩提伽雅在印度比哈爾省，是釋迦牟尼證道的地方。
2 印度乞丐乞討的叫聲。

乞婦奔避
路中心卻酣息著
一頭阻人於途的聖牛

3伊洛瓦底江之歌

淡藍的天淡藍的愁
我曾在淡藍的伊洛瓦底江頭繫孤舟
多情的「瑪愛耶」[1]總愛站在岸邊
凝望著我笑
啊，我心醉欲死
當明月照著我的時候

一九四三・秋

4昆明之秋

日暮斜暉
湖畔煙霧迷濛
我瞥見第一片飄落的江楓

一九四五・秋

1 瑪愛耶是一個緬甸姑娘的名字。

禁不住重數那些失落的哀愁與歡笑
啊啊，雁群寂寂掠過
霜雪何日賜我白頭

一九四八・冬

5 憶兒時

金的豎琴銀的弦
用指尖彈去了十四個春天
在妳的懷裡，Hai-Phong[1]
我曾經在異鄉的夢裡尋遍
當鳳凰木的紅花飄落
我披著一身風沙和疲倦回來
富良江，流吧
別再訴說離別後的思念

1 越北海防，我生長的城市。

6 臺灣之行

五月上海的黃昏
一如巴比倫罪惡的餘儘
我拾棄這騷動、痙攣，頻於沉倫的城市
以及罪惡的生涯
混濁的思念
奔赴聖地
膜拜
摩西第二次舉起的蛇

一九四九·五月·中興輪上

7 自覺

當我發現上下之高深
左右之遼闊
以及前後之遙
遙遂益覺自己渺小了

一九五〇

8床

如果天上的神靈允許
我將稱它為天堂
因為在我這短促而卑微的一生
有一半的時間
在它溫柔的靜謐裡埋葬

一九五一・北投翠園病中

9窗子

思想，是眼睛的窗子
眼睛，是靈魂的窗子
靈魂，是生命的窗子
妳啊，是我的窗子

一九五二

10墓誌銘

如果我能在一次滿足的絕望中死去
請賜我一塊沒有字的碑石
以及一個沒有鮮花的墓頭

一九五三・出發前

每年
只許一次
讓我的戀人穿著黑紗在那兒守候

11 慾

煩囂裡包含著一百個大寂寞
於是我嚮往孤獨的山居
但，山居卻有一百個大孤獨
我又尋找寂寞再回到煩囂裡

一九五四

至於詩作方面，說來漸愧，我自信在所有的作品裡面，詩意，有的；但詩——讓自己敢於承認是「詩」的，的確找不出來。

可是，我的作品最早被排成鉛字，印出來的，卻是詩。

不知道是誰說的：二十歲是寫詩的年齡，三十歲是寫散文的年齡，四十歲之後，是寫小說的年齡。不管這種說法是否正確，至少初學寫作的人，寫「詩」在任何一方面來說，總比較容易一點。至於是不是詩，那又是另一回事了。我，當然也並不例外。

記得，民國三十七年在江蘇鎮江，我以「心曦」這個筆名，在「建報」的薔薇副刊上發表了一些詩的習作。我永生不會忘記，短短的十四行文字，竟能讓我在寒冷的冬日之晨，縮瑟於河邊公園建報報社門口的貼報板前，苦苦的守候著自己的名字在報紙上出現。

我更不會忘記，當那年五四文藝節到來的前幾天，我突然收到「中華全國文藝作者協會江蘇分會」寄來的出席通知書時，那種激動與驕傲的心情。到了那天，我竟然徘徊於會場門外，始終鼓不起勇氣走進去。原因是那時自己才是個二十歲出頭的大孩子（以那個年代的標準來說），委實太自卑了。而且當時寫作，純粹出於對文藝的熱愛，從來沒有夢想過要成為一個作家，當然更不會想到，自己以後竟然以「賣文」作為職業了。

幸虧當年那些舊作剪報，大部分在一次搬家中不幸散失，所以現在要將早期——詩的時期作一整理時，用不著多費週折；加上來臺後主編「寶島文藝」前後年的，亦不足二十篇。因此，幾經考慮，決定只留下兩篇：一篇是較長的朗誦詩「夢的隕落」。因為這首作品，那年曾經在臺灣大學新詩研究社主辦的「詩歌朗誦會」中被選出朗誦過；所以自己認為，它多少還有些值得保留的意義吧！至於另一篇散文詩「季節的色澤」，留下它，只算是個人的偏愛。

夢的隕落　・朗誦詩・

序詩

在億億萬年以前
那個被歷史遺忘
像宇宙一般古老的年代裡
晝和夜
原是一對快樂的情侶
為了要博取
那美麗的
矜持而虛榮的夜的歡心
多情的晝
以彩霞鋪遍
每一條
通往天國的幽徑
還在夜的門前

用他的愛慕建築
一座色彩燦爛的虹橋
載著夜那久遠的想望
讓她去奔赴
樂園眾神歡樂的宴遊

但在一次不幸的邂逅中
夜竟傾心於
那熠耀著眩目光芒的
星星的冠冕與指環
乃捨棄晝於哀寂
而一去不返
一去不返
於是晝遂跨上金騎
舉起那永不熄滅的火炬
永不停息
拾著夜留下的足跡
在宇宙間追尋

從那一天開始
夜掩藏不住內心的
愧疚和悔恨
仍然在黑暗裡
她已變成了星星的主人
因為她知道太陽是晝的心
假如
它一旦於絕望中死去
那麼這一切
便會變得黯然無光

所以每當夜隱約聽到
那四匹金騎蹄聲接近
便驚慌而畏怯地
向罪惡的黑暗中潛藏
而多情的晝
永遠用他那如火般

溫暖
寬恕的手
輕經地替夜抹去
她匆匆遺落的
霧的憂愁
露的淚
在腳步經過的地方

直至如今
晝仍燃著那永恆不滅的愛心
從沒有停息過
追尋著
那絕情背離他的
永遠不會回來的情人

而夢
乃是夜的記憶
她的愛的化身

為了懷念晝的深情
以及懺悔
她從人類的第二生活中
啟示那無涯的愛念
使人類
從昏睡的死亡裡再生

由那個時候開始
光明和黑暗
愛和恨
如同善惡一樣
不能在一起生長

由那個時候開始
人類便過著兩種生活
有兩個靈魂

I

我已失去了
夢
在這黑色的
長夜中
我為失去夢而悲泣
我已淪為一個夜的盲者
無思想的奴隸
無依的亡魂

啊啊
宇宙的眾神
以及所有掌執著
罪惡的魔鬼
一切有大能
有智慧的超人
我啊

II

我願付出
全生命的權利
全靈魂的熱愛
作為抵償
請告訴我
告訴我
我的夢
失落的地方
還有
尋找它的
方向

當成第一次真正的
懂得哭泣
當我第一次
擺捉住記憶
我便了解

人生
予我以歡樂與哀愁
而我的夢
（這仁慈的
愛情與自由的化身
這另一生活的真神
這無色澤的長夜中
幻變的發光體
這與現實相對的仇敵）
它予我以
——絕對的滿足

在夢中
我有更大於：歷史上眾暴君的
權柄
我能使萬物
復甦於
冰冷的死亡

我能使整個天體
在我暴怒的掌中
碎為齏粉
我能使季節
變更它們的次序
春天的後面依然是春天
永遠駐留著最美好的時光
只要我願意
我能使
山嶽
離開了陸地
海洋
離開了港灣

在夢中
我有更大於生命的
財富
為了儲藏我的愛情

我用白玉彫琢
一座巍峩的城堡
金的階梯
銀的屋柱
壁上鑲滿無價的珍珠
城堡的外面
有紅珊瑚的圍蘺
一條釀著芳醇的河
從籬旁緩緩流過
我常以柔情的雙槳
輕划著
一舟水晶的閒情
載酒載歌
在夢中
我有更高於英雄的
榮譽
我的劍鋒
能使千軍萬馬

覆亡於一瞬
凱撒
拿破崙
成吉思汗
和所有的英雄們
在歷史上全失去了意義
我的名字
已成為
尊貴與威嚴的代名詞
世界上沒有一枚勳章
或者任何一種文字
能足以記述
我的英勇和功績

在夢中
我有更大於生存的
力量
拒絕接受

一切經典的偈咒
所有的公式和定律
拒絕那些X＋Y
拋物線
二氧化氮
輻射能
阿米巴
和那些曖昧的
未定界
公海
戰爭與和平的記載
還有
我拒絕那些值得詛咒的
生活指數
營養熱量
拒絕一切陷我於不安的
侵害我的思想
在夢中

我有更超越於造物者的
智慧
比那些浪漫派
比那些象徵派
那些印象派
那些寫實派
野獸派
未來派
立體派和那未醒的
幻夢派
（比那些自命者為
至上權威的創造者
拿著蘸滿了鮮血的刷子
卑劣而笨拙的油漆匠）
我有更優美的線條
有更諧和的光影
更艷麗的色調
渾厚的筆觸

III

發於自由的意志
在這長夜中
在這另一生活中
我畫著夢的畫
這與現實相對為仇的畫

我那夢的畫筆
用銀色畫河流
用綠色畫山岳
用青色畫草原
用黃色畫沙漠
用金色的歡笑
畫我的親人
用橙色的幸福
畫我的故鄉
用藍色的自由
畫我的祖國

彩色的圈圈
是兒時純真的夢幻
縱橫交錯的線條
是感覺與思維
在我的生命中
表現出一個最完美的
輪廓

在我的夢中閃爍
在我的靈魂和生命中閃爍

記得
我曾夢見
光輝熠耀的天堂
那些白衣天使
有如輕雲
若隱若現地飄浮於空際
耳邊隱聞

片片風鈴和仙樂
恍如隔世
我感受到
一種安謐的沉醉
使我永生不醒
同時
一種赦免的喜悅
蒙恩的榮譽
如不息的甘泉
向我那貧乏的生命
傾注
我也曾
返回夢中的故鄉
我聽到
一切熟悉的
歡笑
土地與親人的歡笑
海的波濤的歡笑

沙鷗的歡笑
漁船那飽滿如少女胸脯的
風帆的歡笑
網與魚群的歡笑

我瞥見
那在輕歌的
潺潺的溪澗
起伏的田疇
冬日暖陽酣睡的小山崗
清晨的楓林小道
傍晚的炊煙
從那些黯淡的屋頂
裊裊升起
一縷縷一縷縷記憶
不止一次
使我於醒後哭泣

我的夢
有時也如神話般縹渺
我曾長著彩色的羽翼
翱翔於碧空
或與人魚三兩
於灘頭嬉遂
有一次
我竟返回
那永不復返的時光
而轉瞬間
我的鬚髮已斑白如霜

這些讓我再重複
千千萬萬次
也不能滿足
我那如狂的渴望

IV

愛情
是青春的夢
白雲
是藍天的夢
鳥翼
是海洋的夢

何處
是我的夢

我已失去了
我的夢
於是
我悲痛地哭泣
在這盲者之夜
無思想的奴隸之夜

沉淪的亡魂之夜
我用那因失去夢
而乾枯的眼睛
詢問
心中的愛情
天空的白雲
和每一個島嶼
我的夢失落的地方
以及尋找它的方向

我失去了
夢
有如在白晝
失去了視覺
在這無色澤的深淵
長夜中
我失去了
作為人的權柄

生命的財富
靈魂的榮譽
我失去了
拒絕那些侵害我的思想
和那些可憎惡的
經典與偈咒的力量
我失去了
智慧
那些笨拙而低能的油漆匠
奪去我的筆
塗污我的畫

啊啊
在這長夜中
我失去了
生命的光源
靈魂的視覺
我失去了愛情

V

我失去了自由
啊啊
我已失去了
我那另一生活的真神
我那夢的王國

我
已死亡於絕望
無色澤的
無思維與感覺的黑夜中了

VI

這是一個空虛
而被禁錮於孤寂的囚籠中
黑色的宇宙
埋葬著
我那已死亡的

第二生活
以及第二生活的
靈魂

這是一個巨大的
黑色的囚籠
這是一個悲慘而殘酷的
黑色的囚籠
罪惡和陰謀
在那些
沒有陽光的地方
（像螺旋菌
結核菌
像那些頑強
難於撲滅的瘋桿菌
對於人類一樣）
在這不幸時代的血液裡
在這世界的胴體中

在思想的地層下
蛆蟲似的
在蠕爬
在蠕爬

罪惡在黑暗中蠕爬
陰謀在黑暗中蠕爬

這些毫無藝術修養
和審美觀的
卑劣而笨拙的油漆匠
將白鴿
塗成黑色
將橄欖枝
塗成黑色
將聯合國憲章
塗成黑色
將全人類的命運

塗成黑色

黑色
黑色

他們裂開那醜惡的嘴
乖戾地嘶叫

——這才是真理
因為沒有是非黑白
——這才是平等
因為沒有真假善惡
掠奪就是解放
鹿就是馬
嘿嘿
嘿嘿
黑色的笑
黑色的聲音

VII

（那含著毀滅意味的）
給這個世界
一個紅色的
流血的
白晝
給這個世界
一個黑色的
死亡的
夜晚

AA……
OO……

我驟然停止哭泣
囁嚅地向四週詢問
這是什麼聲音
是一個

像風暴般強烈
磁力的聲音
是一個
比自已的名字
更熟悉的聲音

ＡＡ……
ＯＯ……

難道所有的人
都和我一樣
是失去夢的悲泣者嗎

ＡＡ……
ＯＯ……

啊啊
是一個

如火山的憤怒般強烈
輻射的聲音
是一個
比種族的名字
更莊嚴的聲音
這是一個
震撼著
我生命與靈魂的聲音啊
A…O…
這聲音使我的血液
澎湃
A…O…
這聲音從我的生命中
躍起
A…O…
這聲音擁著我的靈魂
飛揚

飛揚
飛揚
在這失去了光源的夜
死亡的夜
被囚籠禁錮的夜
被油漆匠塗成黑色的夜

A A……
O O……

我聽到
我的親人哭泣
我的故鄉哭泣
我的祖國哭泣
我聽到
乾涸的河流哭泣
蒙著恥辱的山巒哭泣
枯萎的草原哭泣

沒有駝鈴的沙漠哭泣
我聽到
孤苦而蒼老的爹娘哭泣
絕望的妻子哭泣
被遺棄的嬰兒哭泣
以及
無數被無辜殺害的鬼魂哭泣
AA……
OO……

這是我那失去的夢哭泣啊

VIII

我傾以
滄海的淚
哭泣
為我那失去的夢

因為
我是一個夢的戀者
一個深濃的懷鄉病者

啊啊
我哭泣
以滄海的淚
縱然我傾盡滄海的淚
也難止住我的焦渴
我的心
我的心啊
它比
它比太陽的心
更炎熱

啊啊
我那多難的祖國
啊啊

我那憔悴的故鄉
啊啊
我的愛情
以及太多甜美的想望

司管信誓之神啊
為了我那已失落的夢
讓我再一次
給每一條河流和溪澗親吻
給每一個城市和鄉鎮祝福
然後
在那即將到來
復仇的戰鬥中
讓我再一次
熱血奔流
流向蒙著屈辱的國士
流向被欺凌的家園

流向魔鬼們
（那些卑劣而笨拙的
——油漆匠）
那被我撕裂搗碎的胸膛

於是
我滿足而絕望地倒下
讓無數復仇者跨過
讓他們的腳步
掬起一把把
芳香而溫暖的泥土
將我這卑微的生命
埋葬
祖國
祖國啊
我傾以全心靈的熱愛
呼喚我那已失落的
夢的名字

向著山的那邊
海的彼岸

民國四十一年冬天初稿
民國四十二年春天定稿

季節的色澤　・散文詩・

躑躅

別向先知探詢
那紅遍山野的
是我和春天的腳步啊

一切生命的顫動，一切音響的沉醉，一切色澤的歡欣，只包含著一個單純的意義——為了迎接你的到來。你是生命中的生命，音響中的音響，色澤中的色澤；當你親切地緊牽著我的手，以一種麋鹿般狂喜的，跳躍的腳步，引領我跨過那從酣睡中甦醒的原野時，我遂變為一條幸福的，解凍的溪流；我撫著夾岸碧綠的草茵，敲著石灘的琴鍵，吹著我那嘹亮的口哨，向一切生命、音響，以及色澤奔赴……

乃因我的心靈與你的舞步是一致的啊！

鳳凰木

南臺灣夾道的花樹
瘋狂地燃燒著

我那如火般焦渴的鄉愁

你們並坐在Hai-Phong沙華街的青石街沿，厚厚被的對齒狀樹葉的濃蔭覆蓋著；偶爾有一個黧黑的安南人力車伕，緩緩的從你們的面前走過，他腳上那兩塊膠質的鞋套，在那被陽光融化的柏油路面上，輕輕的打著節拍……

你們並坐著。你耐心的諦視著她的小手，它正忙碌地檢拾著，那在微風的碎步舞曲中旋飄而下的花片；顯然，吹花萼和鬥雄蕊這些玩意兒你早已厭倦了。你要她拾滿那隻小竹籃的花瓣，你便送給她那隻背殼上閃光的金甲蟲。

這就算是一份貴重的聘禮，因為在數分鐘後的婚禮中，你是那麼認真地挽著她的手，同時，是那麼隆重地將那些花瓣撒在，你們自己的頭頂上……

現在，我看見你是那麼笨拙地鼓著嘴，要想（和以前一樣）吹漲花萼的薄膜；你是那麼嚴肅地用左手和右手鬥著雄蕊。於是，你啞然失笑了，當你抬起頭，我從你那佈滿風霜和憂愁的眸子裡所看見的，不是淚，而是一串無色無味的戀情。

紅葉

秋風輕描著醮滿了哀愁的畫筆
季節的指尖忙於在枝頭採擷
先是楓，後是梧桐……

穿起你心愛的鵝黃色毛衣吧！而且，將你的雙手放進淺藍色的褲袋裡；這樣子，和這淳樸而恬靜的山城一樣，永遠帶有淡淡的，桂皮似的味。

你那年留下的畫架和詩集，現在變為我寂寞中最美的飾物了，宛如為秋色沉醉的楓林之對於西山一樣。噢！我幾乎忘了西山。牆上掛著你畫的那副油畫，由於光線太暗——唉，我忘了告訴你，現在是傍晚——顯得比我的記憶更模糊了。在那些日子裡。在這個時候，你不是還在那兒留連忘返嗎？和現在一樣，我倚在黝黑的窗前等待著，直至看見你舉著這山城特有的火把，照亮著你的路，你的身影和微笑，向我走過來。

謝謝你。每次總帶給我幾片美麗的楓葉，還說當我的病復原之後，陪我並騎去西山。我感激地笑了，我了解你的心意；因為你何嘗不知道我的病是無望的呢！

沒有人能挽留你，你悄悄的走了。在給你的每一封信上，我都附著一片你從西山帶回來的楓葉；我只替自己留下一片，染上我的祝福和血……

饒恕我吧，我並不是要你記著我，而是要你記著：這是一個秋天——一個接近死亡的季節。

聖誕花

當恕罪的鐘聲在寶藍的夜空悠揚
聖者已經用那流著鮮血的手
叩遍每一個有福的人家了

打開你們的柴扉，以及那被災難封閉的心靈的窗戶吧，接納他。

接納那些從天涯漂泊歸來的浪子，疲憊的旅人；接納他們那已心碎的供狀和懺悔，真摯而卑微的祝福。

難道你們真的沒有聽到，荒野外沉重而遲滯的足音嗎？你們真的沒有聽到，那羞慚而拘謹的叩門聲嗎？

外面的雪那麼大……

快些打開你們的柴扉，以及那被災難封閉的心靈的窗戶吧！接納他。

當你們以一種驚訝的目光瞥見他顛躓地走進來，趺坐在爐邊（別擔心你們的貧困，爐子裡的火是一樣溫暖的）；當你們發現他是那麼飢渴而粗野地吞嚥著你們送給他的食物；當你們感受到他那滿足而靦腆的微笑……在這些時候，沉默是最真實的語言，它會告訴你們，他在這黑暗而寒冷的世途中所忍受的痛苦和揶揄。

聽我說，你們不用關心他，也許在雪停之前，他已經悄悄的走了——留下他的幸福和快樂。

快些，快些打開你們的柴扉，以及那被災難封閉的心靈的窗戶吧，接納他。

民國四十一年三月廿四日

中篇小說（一九五〇）

川喜多橋之霧

一

五月的第一個安息日，我接到高芒的來信。對於這位朋友，我總是存著一種介乎知己與初識之間的友情去接近他。和他生活在一起的時候，他常常因一點兒微不足道的問題和我由辯論而爭吵得面紅耳赤。不過他的面色始終是蒼白的，喝了酒和睡眠不足時也這樣。每當我們發生過類似的情形之後，緘默的時間不會太長久，他又若無其事的開始用他那種難聽的杭州官話和我攀談起來。雖然有些地方我們還不能互相了解，但：我們是好朋友。而且已經很久不見面了。除了在日本唸過一年造船，他並未到過其他的國家，然而在他的筆下，卻常常寫了許使多我最不舒服的文章。例如什麼「巴黎夜生活」、「紐約紅燈區」、和「談古巴女人的風情」之類的無聊東西，而最荒唐的是在一個負盛名的雜誌上發表了一篇關於人種的考據文章。我相信總有一天，天文學家一定被他所發現的星球而驚異起來。

現在，他的信上只潦草地寫著幾行字：

易凡：

聽說你最近的景況很壞。我很寂寞，雖然草山很美，生活卻如呼吸一般單調。相信你一定很愉快的接受我的邀請，來和我渡過這個夏天。

你的巴爾扎克第二。

又：明天你可以乘坐下午三時二十五分的直達車來，我在車站接你。

次日，高芒果然沒有和往常那樣失信，他咬著一枝沒有燃上的煙斗，站在車站的矮簷下面。當我握著他的手時，他似乎十分吃驚似的注視著我，良久，才用吵嗄的聲音說：

「啊！你瘦多了。」

「別提這些！經得住命運考驗的人，除了靈魂之外，都能改變的。」我笑著以他平常慣用的腔調回答。隨他走出車站，沿著公路走下去。沉默著。轉過一座小石橋，他才停下來，嚴肅地詰問我：

「最近忙些什麼？」

「你不知道？在××晚報連載的長篇。」

「還有……」

「一張油畫。」

「靜物還是人像？」他一面燃點煙斗一面發問。

「一個女孩子。」

「是愛妮？」他噴出一口煙，淡淡地說。

「你還記住。」我笑笑：「你的記憶力真不壞。」

「假如有一天在你的生活圈中沒有女人，這個世界將不知要變成什麼模樣了。」他自管自地走起來。繼續說：「唔……這兒的確是一個好地方！幽靜，美。我希望你能夠好好的完成這張油畫。我記得來臺灣以後，你就沒有畫過畫，不是嗎？荒廢了怪可惜的，我認為你畫畫的天才不亞於寫作。而且——而且你的身體不適宜於寫作。」

「但：你的身體比我更壞！」

「不用驕傲，你會很快的變成和我一樣；近視，駝背，消化不良，神經衰弱……」他的頭幾乎要垂在胸膛上。半晌，他太息起來：「唉！我們吃的是草，擠出來的卻是奶啊！」

看看他那副老氣橫秋的神氣，我調侃地說：「可惜你的奶是酸的！」

「你以為我不想規規矩矩地寫點東西嗎？天知道什麼古典，什麼浪漫，什麼寫實……」他突然像一隻被追逐的黃蜂似地激動起來。「為的是騙幾個臭錢！為的是——生活！」

「好！條條大道通羅馬。如果你不想才見面就爭吵的話，我希望你能夠變換另一個話題。」

「也好！反正還有長長的一個夏天。」他乾癟地笑著。

我們在一堵爬滿長春藤的石牆前停下來。邊上有個入口，幾級石階下面是一幢灰黯的日本式屋子。十分小巧。屋子的週圍有著並不寬闊的院地，下面是一條急激而嘈聒的山澗。我們交視了一瞥，他伸出手，說：

「就是這兒，像宇宙的記憶一樣古老的屋子。」

這真是一棟朽舊得快要傾塌下來的屋子。門的右面是廚房和散發著濃重硫磺氣息的溫泉浴室，左面是兩間八個和三個塌塌米大小的房間，前面和普遍的日本式建築一樣，有一個很寬而光滑的地板走廊，廊前有一排能活動開啟的落地玻璃窗，窗前是高芒的書桌。一隻黑松牌汽水瓶裡插著一枝鵝黃色的美人蕉，這個角落要算是這屋子裡最美的一部分了。其餘的地方，只令人發生一種惜別之感。但，卻感到如同老家之對於遊子一般的溫暖和親切。

在這棟屋子裡，除了高芒之外，還有一個看守這棟屋子的老人。他的身材矮小、禿頂、腦後稀疏的頭髮和嘴邊的鬍髭像一把燒焦了的板刷，眼睛斜著；我發現他的嘴裡只有一顆長而發黑的大門牙；駝著的肩背，無論在坐著或站著，總想平衡他的身體在那雙其中有一隻跛了的右腿所支持的力量似的向後仰著。他的形體是那麼令人厭惡。高芒告訴我他住在門邊那個三個塌塌米的房間裡，他是這棟屋子以前的主人。

為了表示款待我，高芒為我添了一斤肉和一尾紅魚。而且親自走進廚房裡烹煮。他笨拙而有點失措地忙著，頗為自得地看著我，誇耀著說：

「你一定感到驚異吧！在這所房子裡，我還是一個了不起的名廚呢！」

「那當然，大概是從那個大雨的夜晚開始吧！」倚在門邊，我有意味地向他調侃道。

「啊……」驀地，他活潑起來。「你是說我的那篇小說。」

「唔，十分出色。」

「……」他止住笑；認真地解釋道：「真有其人呢！不過，她並沒有自殺……」他神祕地偷窺著我，接著說。「她是隔壁×××旅社的下女，長得不壞。我想你總見得著她的——怎麼，你不相信？」

「怎麼會呢，我的巴爾扎克第二。我知道你的手法一向都是寫實的，這件事情當然也不會例外。」

「是啊！那些形而上理論使我厭倦，意志和熱情被那些不可復返的日子帶走了，現在是開始寫實的年齡。」

「你是指人生？」

「都一樣！」他瞠視著我。「別讓那些道德不道德的倫理觀念所產生的名詞嚇唬你，等到你發覺自己上當，該走的路已經快完了。」

我並不同意他所說的話，為了避免辯論，我悄悄沒搭理地走開了。他還在廚房裡咕嚕了半天，結果，對於那個雨夜他所犯的罪過，他原諒起自己來了。

我們很不愉快地對坐在矮小的日本方桌前吃了晚飯。飯後，我和他又不約而同的走出屋子，蹀躞在山道上。天邊浮著一片玫瑰色的晚霞，暮靄開始從山谷中升起來，氣流中夾雜著沁涼的水分，草山的黃昏在那悠揚的蟲鳴聲中顯得更幽雅了。

我們默默地走在一條林蔭道上。前面是一條岔路，右邊的一條通往眾樂園；而另一條卻是到草山公園去的捷徑。離開最末一班回臺北的汽車的開行時間還早，所以我們彼此都順著左面的那條碎石路走去……

才走了幾步，身後突然發出一陣略為喘促的呼喚聲：「范先生，范先生！」

我回轉身，經過半刻思索，我不由得不叫喊起來：「哦——」我興奮地說：「是妳，俞小姐……」

走過來的女孩子有圓圓的臉，兩顆眸子像深沉的冬夜那麼黑而幽遠，隱隱地透發著智慧而滲雜些兒憂鬱的光澤。端莊的鼻子有教養地向上微翕著，嘴唇刻劃出一個優婉的輪廓，儀態嫻靜得幾乎能夠在一瞬間澄清人間的雜念。她的身旁是一位瘦弱而慈祥的中年婦人——她的母親。她正用善意的目光上下打量著我和高芒。我和她互相替身旁的同伴介紹之後，她含著一個罕有的微笑問我：「來玩的嗎？」

「嗯，是的。」我回答：「我要住到草山來了。」

「什麼時候？」

「明天。」

「那今天你還得趕回去？」

「呃——我想乘最後一班車。」
「你的住所離這兒不遠吧？」
「不太遠……」我回過頭，指示著。「就在前面公路的左側，一堵石圍牆下面的那所屋子。」
「哦……我知道。下面有一條山澗，對嗎？」她的聲音輕微得彷彿在自語：「我常常散步到那兒去，那兒有一座石橋……」
說著我們已經走近一幢外面圍有竹的院宅，她和她的母親停下來，懇切地向我說：「這是我的家，能夠進來坐一會兒嗎？」
「不了，以後有許多機會讓我來的。」
「也好，我不願意勉強別人。總之，以後我永遠歡迎你們，等待著你們來。」
在草山公園的半途，高芒忍不住問：「你怎麼會認識她？」
「去年冬天，在一個很偶然的場合裡認識。她是學國畫的，是×××的高足，其他的我知道得並不多。」
「就是那麼平淡？」
「人生本來就是那麼平淡。為什麼一定要嚮往於神奇呢。」

二

第二天，我利用整個上午收拾行李和日常用品，所以我到愛妮家裡辭行的時候，已經是下午了。我記得那天我們坐在客廳中，很少說話，她的姐姐裘妮伏在沙發上翻雜誌，不時抬起頭來對我微笑。關於她的油畫，因為我們每星期只有一天的時間會面，因此我不得不在她的相冊中選出兩張較合適的照片代用，雖然這是一種極愚蠢而且極不合理的方法，但：那時我的確不能想出更好的方法去完成它。

「我送你出大馬路。」當我辭出時，她說。

「……」我點點頭。

我們在那條碎石路上沉默地走著……

「什麼時候下山？」她靜靜地問。但仍低著頭。

「很難說……」我看看她。「因為需要較長的時間寫一個長篇。」

「還有——」她揚起頭，注視著我。「還有妳的油畫。」

她又低下頭笑了。停了停，她繼續說：「什麼時候可以完成？」

「……」沉吟了一會，我回答：「在妳生日的那天，我帶它來見妳。」

「假如你失信？」

「假如我不失信？」

我在最後一班上草山的長途公共汽車開行的十分鐘前趕到車站。我的左手提著行李，挾著一個放零物的旅行袋；右手是畫具和旅行衣箱。因此我困難地將它們放置在候車椅上，買了車票，再困難地將它們提起來。可是當我走到前面的木欄前排隊上車時，一罐奶粉忽然由膝下滑跌在地上，我正想檢拾，一個女孩子已經替我拾起來。

「噢！」我驚叫道：「真巧！妳一個人下山的嗎？」

「嗯，我是難得一個人下山的。今天是例外。」她對我笑笑，說：「我可以幫助你拿一些東西。」

「謝謝妳，就替我拿腋下挾住的零物吧。」

「你是學西畫的？」她注視著我的畫具，和木框的畫布背面被顏料滲透的地方。「這是一幅……」

「人像。」我接著說：「一幅未完成的油畫。」

說著，我們在車上選擇了一個位置坐下來。由西畫談至信仰。過了芝山巖，我們又談到山，她說她曾經在廬山住過半年，她家那兒有一幢很美麗的別墅，可惜——她止住了話，將眼睛從車窗外收回，落在我的臉上。

「你準備在草山逗留多久？」她問。

「大概三個月。」

「有什麼計劃嗎？」

「我希望在這三個月中能恢復身心的疲憊，都市使我厭倦。這種厭倦有甚於我退伍時之對於枯燥的軍隊生活；同時，我要想在秋天之前完成我這部已經寫了四年而尚未脫稿的小說。還有——就是這幅畫。」

「哦！」她稚氣地笑笑。「我很想聽聽你怎樣安排你的生活。」

「在天色微明的時候，」我說：「我希望能夠得到一個長的時間散步。」「你有在早晨散步的習慣？」她急急地截斷我的話。

「不！都市裡的人是沒有早晨的，尤其是我一直過著夜生活。」我似乎陷入沉思中。「不過，我的確有過在早晨散步的習慣。但，那已是多少年前的事了。」歇了片刻，我以愉悅的聲音繼續說：「在太陽出來之前散步，是一件十分令人嚮往的事情呢！那清新的氣流，那迷濛的霧——呃！草山有霧嗎？」

「有，而且很美。」一絲幸福的意趣駐留在她的唇邊。

「很美，那麼妳至少曾經有一次在早晨散步了？」

「天天如此。」

「哦！有固定的地方？」

「最近我到草山公園，因為我喜歡那條路……」

彷彿我們還有太多說不完的話似的，車已經在草山車站停下來。我們互相意會地望了一眼，走在所有的乘客後面。走近車門時，我和她幾乎是異口同聲地說：「一個人散步太孤獨了？」

我看見她笑了。下了車，因為我的零物在她的手提布袋裡，所以她堅持著要送我到高芒那兒。在路上，她幽靜地自語道：

「我不喜歡孤獨，但孤獨有時會引著我到一個寧靜的意境。」她側過頭凝視著我，笑中含有些兒自嘲的意味。

「年輕人總以為不會享受孤獨的人太單純。」

「妳也以為這樣？」

「那是許久以前的傻念頭。現在，我變得聰明多了！」她的腳步停止在石牆前面，順手拈下一朵長在石縫中的小白花，放在鼻端嗅著。

「是這兒嗎？」她說。

「是的。」

「不準備進去坐一會？」

「不是現在。」

「妳的意思是……」
「在你到過我的家以後。」
「是因為禮貌？」
「這是女孩子的習慣，你不會懂。」
「好吧！」我接過放在她布袋裡的零物，然後說：「那麼明天早上見。」
「五點鐘。」她接著說：「到公園去你會經過我的家，你儘管走，我會追上來的。」
她走後，我發現高芒站在門邊，以一個詭譎的笑意迎接我。

三

我在一種在預期什麼的意識中從沉睡中驚醒。宇宙昏黑，沉靜，山澗的水流聲愈顯得悅耳新奇了。我披起一件毛線衣悄悄地離開住所和石圍牆，以一種輕捷而興奮的腳步沿著被白霧迷漫的山道走上去。

經過那個圍著竹籬的院宅，再往上走，是一條通出公路的小徑。大概很久沒有人走過，路邊的野草和一種開著細小的藍花球的草本植物已經將它掩蓋起來，以致我走至盡頭時，鞋襪已經沾濕了。

霧愈來愈濃，開始壓迫我的呼吸。在天角微暈的晨色中，我只能看見幾步內黯淡的柏油路面，其餘，則整個包裹在一層半透明的，使人沉醉的象牙色細微的霧氣裡。我迂緩地走著，腳步聲滲進這寂寞的空間，而凝固於永不休止的，輕微而單調的蟲鳴聲中。

我一邊走，一邊不斷地回過頭，看看那其實也無從窺測的身後。在我的想像中幾乎在每一個剎那間都可能發出一陣急促的腳步聲，由霧的深處向我走過來……

當我繞個一個左面是斜崖的彎道時，前面發出一陣狗吠聲，同時，我意識到它正向我跑過來，我馬上站住了，我注視著發出響聲的地方——

啊！我已經看見牠了。是一條矮小的獅子狗。我的驚懼立刻平伏下來，雖然牠並未停止那重濁的吠叫。我正想繼續舉步，在我的視線所不及的地方發出短促的少女的呼喚聲：

「吉米！」

這條叫做吉米的獅子狗的吠叫和我的腳步同時停止下來。隨之而起的是散落的足音。

漸漸，我瞥見淡淡的身影，向我走過來……

及至她的輪廓在這迷茫的霧中澄清，在這片乳白色的氣流上浮現出來時，我抑制不住的迎著她奔過去。

「是妳啊！」我吶吶地叫著。

「……」她沉靜地微笑。說：「你遲了十五分鍾。」

「我醒來時已經遲了。」我解釋著：「疲乏得出奇。」

「草山的氣壓很低，初來的人都會有這種感覺的。」

吉米在我的腳邊嗅過之後，它走在我們的前面。我和她踏著沉默向前走去……

「啊！多美的霧，」我說。

「除了美，你還有其他的感覺嗎？」她恬靜地發問。「哦，只是它容易令人感到孤獨——妳呢？」

「……」她沉吟半晌，將頭在默想中揚起來。「在霧中我並不感到孤獨，似乎只應該有我一個人似的；但，我感到宇宙太單調了！」「妳的思想和妳所學的畫一樣寫『意』。」

「並不是抽象……」

「而有點玄，宗教似乎也這樣。」

「你信仰什麼？」

「我信仰世界上所有的，同時我又懷疑它們。」

「那麼你的思想也和你所學的畫一樣的寫『實』了。」

「不盡然。」我說：「僅限於行動上。」

「這樣是很危險的呢！」她認真地注視著我。

「是啊！所以我時時刻刻在提防著自己。」

「你不認為這是一種刑罰嗎？」她笑起來。「聰明的人是絕對不肯這樣做的。」

「可惜我是一個笨人。」

「假如你是一個笨人，那麼我應該羨慕你了。」

「為什麼？」

「因為幸福是屬於他們和少數聰明人的。」

「這樣說，妳是會經失落過幸福的了？」

「只是一次。」

「何必惋惜它！幸福像花木一樣，春天到了，它又來了。」

「但……人的一生只有一個春天。」

「我的見解和妳不同。」我在路邊停下來，凝視著她。

「那是一定的，我們在不同的地方生長，受著不同的教育，遭遇過不同的事物。」她的眼睛緩緩抬起來。

「我總認為見解並不是認識與經驗的總結，而是人性溶合於靈魂中的本能。」

「我要提醒妳，」我輕輕地說：「花也有在夏天開的。」

「總不如春天的清香。」

「但夏天的豐盈；秋天的華麗；冬天的蒼勁知道，如同愛情一樣，幸福永不衰老。

霧漸漸地在陽光中散失，都積在我的心頭。我幾乎要為她的沉默而發狂了。

四

站在畫架前。我瞇著眼睛去窺望畫布上的線條：彎而淡淡的眉毛是多麼熟悉，它常常彷彿被它的主人的喜悅所傳染似地聳動著，有時卻靜靜地伏在那兩個大而黑的，在一種激動不安的情緒中閃爍的眸子上；彎長的眼睫想關閉它和它主人那種易於變動的心思，但，卻被一種執拗的力量將它分開了。瞳孔的深處有一種神祕的光澤透發出來，憂愁時也一樣，只不過那時變得略為灰黯而已。那正直而長長的鼻樑旁邊的面頰上，有兩個在微笑時掀起的危險的漩渦；菱形的薄薄的上唇，俏皮而誘惑地刻著一條任性的條紋，下唇是深恐發生些什麼似的衛護著它——在它們閉合的時候，那兩邊的陰影中便有一種滿足的慾望顯示著，帶有些嘲弄意味。她坐在一張籐椅上，平放著手，小桌上的藍磁花瓶和插在瓶裡的蝴蝶蘭，正好填滿那略為空虛的右角。

我呆呆的站著，宛如八個月前我在一位友人主持的舞會中站在她的面前一樣。

「你知道這樣凝視著女孩子是不禮貌的嗎？」她微慍地說。

「以這樣的口吻責備一個陌生的男孩子也一樣。」我笑著回答。

在這當兒，主人走過來了。他誠懇而機械地替我們作一個簡短而在名字前面帶著一串恭維的介紹，然後又匆匆地走開了。

「方才的冒犯，你會介意嗎？」在我邀她跳舞時，她說。

「理該如此。」

「那麼方才你所說的話呢？」她又問。

「那更應該了！」

「你這個人就和你的小說一樣。」她爽朗地笑起來。

人生本來就是殘缺的，所以造物讓我們用幻想去彌補缺憾。而她之對於我，當然也不會例外。她很快的使我陷入激情中。雖然我和她的交往受到許多友人責難。不幸，那種我不敢置信的事終於在四個月後發生了。我到南部旅行了一個月歸來，我們已變為似曾相識的陌路人。於是，經過一度騷亂之後，我又若無其事起來。我漸漸發現她的眸子裡那種猶豫不定的神色，頰上陷阱似的笑渦，和那片殘忍的薄嘴唇……曾經激發過一種屬於我的冀求時，我開始原諒她。偶爾我們在街上或社交場所相遇，我只淡淡的投給她一個靈魂的凝視，轉了身，我又忍不住發出一聲短短的喟嘆，我發覺自己在愛她了。不久，她重又返回我身邊。按理，重拾的愛情要比完整的更珍貴，但，我仍怯怯於她那幻變的熱情，我總是以一種拘謹而莊重的心情去接觸她夢的邊緣，深恐這種難以測摸的東西一旦失去而會撩起更大的空虛。像遭遇過大風暴的人對於天色的機警，我終日窺伺著她，我想伸手去攫捉，然而我又不敢。

現在為了結束一個許諾，我站在畫布前，用畫筆去凝固她那僅足承受一瞬間的形態。當這幅畫完成以後，是否還是她，或者是另一個人？我惶惑起來。輕輕的將玫瑰色塗上她的雙頰……

半月後，高芒關心我的不再是這幅油畫，而是關於那位帶狗的少女了。有一天，我照例到公園散步回來，意外的，他竟站在石牆外面等我，他說：

「能陪我走走嗎？」

「當然。」

「恕我干預你的事。」他沉下聲音說：「你們仍在一起散步？」

「……」我點點頭：「從未間斷過。」

「談些什麼呢？」

「範圍太廣了，我們常常將一個話題談論好幾天。」我愉悅地說：「她很健談，並不如她的容貌那麼恬靜。」

「倘若有一天……」

「放心，」我打斷他的話：「我會照顧自己的。」

「但是她——她會……」

「你為什麼總喜歡將友誼和愛情混為一談！」

「多麼神聖！」他叫喊起來：「這只不過是一種藉口。男人對於女人，只知道佔有。佔有，是人類的本能。」

次日。我將這個問題去問她。

「我同意高芒這句話，」她平淡地說：「不過僅限於愛情方面。而且女人要比較男人固執。大致說來，女人要比男人自私。」

「妳也這樣想嗎？」

「我不能變成男人，是不是。」

總之，那種修女式的家庭環境和幽雅的草山感染了她的沉靜，而霧卻象徵著她那種混沌，奔放而變幻的思想。她生活於兩個極端中，她溫馴得像貓，動盪得如同風暴中的海洋。

我漸漸發現她的臉孔，微笑中發出的煥發光澤像一個初開的蓓蕾一樣，儘情地向著這自由而甜美的空間伸展。在我的面前她似乎從未感到過羞澀，我知道這樣會增加她的嫵媚。

五

雖然我三番五次向她申述自己有怕到別人家中的習慣，但，那天我終究是去了。我記得我多麼侷促地坐在她的親屬的面前，翻著她遞給我的相冊。她跪在我的身旁解釋著：她在日本怎樣度過她的童年，在香港時她還是一個拖著雙辮的小女孩，還有在上海，虹橋的週末，廬山……她在笑，幾乎要想將靈魂沉溺於那些褪色的景象裡。她又領我去參觀她的畫室、書櫥；和到後園去採摘熟透的山莓。菜圃和豆棚是她父親親手種植的。這位老人有著令人感到親切和敬慕的面容，眼睛中有著一種超世脫俗的光芒閃動著，頭上稀疏的已略為灰白的頭髮和滿臉的短髭，正表現著他那不羈的性格；旅行佔去了他的半生，現在他仍抱著那種超脫的閒情在享受著田園之樂，以致他的健康看起來要比他的年歲更年輕。當我告辭的時候，她用蒲葉替我包裹著剛拮下來的長豆莢，送給我。

自從那個下午我到她的家中拜訪過之後，她也時常到我們這幢朽舊的屋子來了。每次，她都帶著吉米。彷彿是讓我看見吉米走進前廊時有充分的時間收拾我的畫具似的——因為我有這個習慣，在我未完成它時，我是不願意給別人看見的。而她，卻從來沒有提及，也並不打算知道這件事情。

她走後，我看見那個矮小，跛了右腿的「阿雞上」（日語老伯伯）帶著異樣的神色凝望著我。此後，高芒停止了和我對於任何事情的爭論。他和我一樣，在寫作的時候最怕被別人打擾的，所以我們很少得到談話的機會，但，這樣並不影響我們的友情。

而我，除了給那家晚報寄去續稿之外，對於這幅即將完成的油畫，漸漸失去了信心，我總覺得並不是在畫愛妮——雖然的確是她——而是在畫另一個人了。

六

第二個月的下旬，距離愛妮的生日漸漸近了，我焦燥起來。我呆呆的站在畫架前，竟半日不能下筆。甚至色澤的冷暖強弱我都不能分辨了……

我終於像逃避什麼似的，急急用布將它蒙起來。頭深深的埋在手掌裡，內心中有一種罕有的力量在撼動著我。

一天，愛妮突然到山上來，同行的還有她的姐姐裘妮和兩位曾經和我在一個圈子裡玩的男朋友。我盡我所能的接待他們，雖然我窮得在平時花一塊錢買一斤香蕉的勇氣也沒有。臨走之前，愛妮堅持著要看看她的油畫，她拿著那兩張照片在畫布前端詳著，然後不屑地說：

「一點兒也不像。」

「是啊，世界上是沒有永恆的。」我回答：「也許我在畫妳的靈魂。」

「在我生日之前，你有把握完成它嗎？」她又問。似乎在語氣中含有些兒輕蔑。

「假如照妳所說仍是不像，那麼我首先請求妳原該我的低能。同時，你可以當它是一幅普通的人像，而並不是妳，那就行了。」

隨後她還繼續說一些話，我記不起她說些什麼，因為那時我感到異常昏亂。直至他們走後我才漸漸地平靜下來。

可是，那兩張照片不見了。高芒在旁邊證明是愛妮在我不知不覺間放進那個美麗的手袋中的。

驀地，我像蒙受最難忍受的恥辱似的，被我的自尊心激怒起來，火燄在我的眸珠中燃燒著，理性在這個時候只是一個枯燥的名詞而已。我伸手去擊碎桌上的杯碟和那隻插著花枝的黑松汽水瓶；撕毀稿紙，然後拉開畫架上那塊蒙塵埃的白布，將所有的色彩胡亂地抹在畫布上，再折斷所有的畫筆……

這種洩憤的舉動使我很快的疲乏得頭也抬不起來了。

黃昏漸漸在四週圍攏來，將我埋葬在這黝黑的屋子裡。

七

失眠了一整夜，直至林間的杜鵑啼過之後，我才沉迷地睡去。

醒來時，陽光已經照進前廊。「你應該叫醒我。」我含呵責地對高芒說。

「我以為你病了。」他放下他的煙斗，心平氣和地回答：「我曾經試著叫你和搖醒你，但……沒有結果。」

「……」我緘默了。

這是我第一次在早上沒有去散步。

這一天就在這種懸懸不安的情緒中過去了。因為在早上和中午都不是互相會面的時間；所以在晚飯後，我挾著些微落漠與惆悵到她的家中去。

「小姐在家嗎？」我問站在籬門邊的小女孩。

「……」她搖搖頭，望著我，顯得有點兒忸怩。

「什麼時候出去的，妳可不以告訴我？」

她並不回答，返身走進園裡去。

我漫無目的地沿著山道向上走著，心中升起載負不盡的空虛和惆悵。在薄暮中，我返回屋子裡。

我繞著園子走到前廊。

「哦！」看屋的老人驚叫起來。他正將那塊白布蒙在我的畫架上。

「你在幹什麼？」我問，眼睛瞠視著他。

「呃……」他吶吶地用本省話回答：「看，看看……」

「是你要看？」

「嗯——不是……」他露出一副乞憐的神態：「不是……」

「是誰？」

「呃，是……是俞，俞小姐。」

「她？」我在前廊坐下來。

「——她常常要來看的，已經不只一次了。」

我岔岔地抬起頭，叫道：

「你從來沒有告訴我！」

「她要我這樣做呢！呃，我——」

我正想繼續問他，高芒在外面回來，神態自若地要求我和他討論一篇小說的結尾。為了不要讓他知道，我極力將自己的情感鬆弛下來，甚至有許多在平時我極反對的問題我都同意了。

又是一個悠長的夜晚。

八

這個早上我起來特別早，我要想在天亮之前到前面岔道上等候她。所以當我冒著微寒的晨霧向沉黑的山道上走去時，我只能從山上幾點微弱的燈火去辨認著道路。

經過她家的籬牆，吉米不住地吠叫著。

我茫然地走著，幾乎要被小徑邊的石塊絆倒。身體上的感覺，彷彿已經失去了它那天賦的本能，腦子裡空洞得沒有一個思想和意念，只聽見自己的喘息和心臟的搏動。我懷疑這是腳步在平滑而濕澀的路上所發出的聲響。

繞過斜崖，我突然將腳步停止下來，我努力張開自己的瞳孔，瞠視著崖邊……

啊，這並不是幻覺，而是真實的了。我看見那個黑影開始將頭移動著，因為他的背後是天角一片遂漸變色的雲塊，霧已經在山谷中瀰漫開來了。

「是誰？」我囁嚅地問。

「我，易凡。」是她清越的聲音。

「哦，妳比我還早。」我走過去，激動地說。

她緘默著，注視著漸漸透白的天角。「走吧！」我指議道。

「不，再等一會兒。」她自言自語地說：「等霧來了我們再走。」

「為什麼？」

「宇宙太大了。」

「妳不是曾經說過宇宙太單調嗎？」

「那是在霧中。」她低下頭。「在以前。」

「……」

我們在崖邊站著。直至晨霧將我們包裹起來。

「我們可以開始走了。」她沉肅地說：「這樣我便再也看不見什麼，就是你，也只是一個模糊的影像；如果霧再大一點，你便會在我眼中隱沒了。」

「……」

「亞當和夏娃在伊甸園中生活時，眼睛是被蒙蔽的；聖經上不是說他們吃了禁果，眼睛才明亮起來的嗎？」她平靜地繼續說。

「我們走錯路了。」我指醒她。因為她正要回身往山下走。

「不，並不錯。只不過變換一個方向罷了！」她站住，看看我。「你不以為我們應該變換另一個方向走嗎？假如另一個方向對你更有益的話。」

「我希望我能聽懂妳的話。」

「懂了又會怎樣，你就假設自己不懂好了。」她冷冷的笑起來。

我默默地走在她的身旁，她今天的神情使我戰慄，因此我不斷地窺察著她，希望能從她那凜然的意態中獲得一些頭緒。

她的臉色蒼白，眉際蘊藏著些什麼似的蹙著，眼睛失神地望著前面一個看不見的地方。內心衝突的狀態在她的唇角略微透露出來；她堅定的步伐彷彿正要固執地決定一些什麼似的向前邁著。

沉默……

我們循著下山的路上走。

「我們到那兒去？」我忍不住發問。

「急什麼，」她瘖啞地說：「我不是曾經告訴過你，下面有一座石橋，很美。」

「……」我狐疑不安地望著她。

「霧是飄忽的，轉眼即逝。」她繼續說：「並不如橋的堅毅和永遠。」

於是，她不再說一句話。直至我和她在那座叫做「川喜多」的石橋上停立下來。橋下是淙淙的溪水。

霧愈來愈濃，我和她同時陷入深沉的默想中。

「易凡。」她突然顫著聲音喊道。

「哦，有什麼事？」我靠近她，握著她冰冷的手。

「我害怕。」她畏縮起來。

「我在妳的身邊也會害怕嗎？」我展露一個和溫的微笑。

「是的，」她將眼睛垂下來。「正因為……」

「說下去。」

「我——我不能……」她重新抬起眼睛，困難地說。

「……」我微笑不語。半晌，像是下了最大決心似的，她冷冷地唸著：

「我有一句話要告訴你。但，我——我不敢說。」

「讓我替妳說吧！」

她微張嘴，好奇地注視著我。

「這句話是『我愛你』。」

「啊！不不！」她驚惶起來，急急地用手掩著我的嘴，喘息著叫道：「請你離開我。」

「什麼？」

「請你離開我！」她絕望地搖著頭，覆述著：「請你離開我！」

我鎮定下來，捏緊她的手，輕聲問：「這是妳內心的意思嗎？」

「是！是！是！」她嘶啞地叫著。

「那麼說一聲『我不愛你』吧！」

她瞬即平靜下來，注視著我的眼睛，突然，嘴角起了一陣劇烈的痙攣，她撲倒在我的胸前，痛苦地嗚咽起來，喃喃地說：

「我愛你！易凡，我愛你！」

「傻孩子。」我笑著說，我用面頰撫摸著她的頭髮，然後用手將她的頭抬起來。

這是一雙多麼秀麗的眸子啊！它閉合著；她那向上微翕著的圓圓的鼻端，從未被任何愁念所困擾而在激情中顫動的嘴。霧，使她蒼白，更迷濛了，在我的記憶中……

我低下頭去吻她。

「不，你不能！」她猛然用手拐推開我，急急地叫道。

「……」我被她的聲音和舉動駭住了。

「易凡！原諒我。我會傳染你的。」她瘖弱地說：「我的肺病已經接近第三期了……」

「是真的？」

「因為我愛你，所以不敢騙你。」她垂著嘴角，懇求著：「答應我，離開我。」

「假如說我會帶給妳幸福。」我柔和而懇切地說：「我願意接受它給我的痛苦。」

「為一個平凡的女孩子，你要毀滅自己？」

「可是！我畢竟還是一個平凡人！」

「易凡！」她無力地說：「如果你愛我，便應該讓我平和而快樂地死……去！」

當她說到死時，我用唇止住她的話。但，她又將我推開。

我擁抱著她。她終於肯定地說：

「好吧！可是你要允許我一個要求。」「妳說。」

「你不用送我，讓我單獨回去，而且不許追上來。」

「沒有理由解釋嗎？」

「我實在太疲乏了。」她痛苦地回答。

於是，我吻她，直至被呼吸所窒息。

離開我的身體，她頭也不回的走了，失落在濃霧中。有幾滴微溫的水點凝留在我的面頰上，閃爍著。

九

以後，草山清晨的山道中只有我一個人寂寞地來回躑躅了……

霧迷漫著……

我曾經到她的家中去，她的父親殷勤地接待我，同時以一種淒涼而蒼老的聲調對我說：他的女兒已經到一個不願意告訴我的地方。

當第一片楓葉紅了之後，我搬回臺北，高芒仍是以那種過份關懷的神情送我到車站，我們握著手，互相感激彼此平安地渡過了這個夏天。

和我來的時候一樣，左手提著行李，挾著一個放零物的旅行袋；右手是畫具和旅行箱。這是一幅未完成的畫像，而且永遠不會完成了。

而另一幅已完成的，卻鑲嵌在我的靈魂中。那是一幅潔白的畫面，是那麼莊嚴而純淨，就如同滿框晨霧，在霧深處，是一雙像深沉的冬夜那麼黑而幽遠，隱隱地透發著智慧而攙雜些兒憂鬱光澤的眸子……

霧愈來愈濃了……

民國三十九年四月十六日於大屯山麓

葬曲

一

勝利後，我們復員了。那時似乎每個人都抱著一種激動的熱望和許多無法實現的夢想；但，當幾個月毫無規律的日子過去之後，我感到孤獨和空虛起來。我漸漸對這種新的生活失去了信心，於是，我重又嚮往那些已失去的，歡愉而活躍的日子。

就在這個時候，我突然接到黎堯由貴陽寄來的快信。他說他在辦報，希望我到他那兒去幫幫忙。依照我的習慣，考慮一件事情往往是在我決定之後方開始的，那次我當然也沒例外。五天後，我已經蒙著滿身灰沙，夾坐在一輛老爺貨車的貨物堆裡，從昆明到達了貴陽。

按著信上的地址，在一條狹窄骯髒的小街上，找到了那家又黑又矮的報館，要不是門口掛著報社的長木牌，我幾乎不敢相信這就是我要找的地方。

那個伏在桌上打盹的工友，讓我在那幾張凌亂不堪的木桌前等幾分鐘。接著，樓上開始發出嘈重的走動聲，灰塵從樓板的縫隙中落下來；直至樓梯的劇烈震動靜止之後，我那位社長朋友從那條黝黑的甬道口出現了。

他穿著一件又大又髒的毛巾睡衣，蓬著頭髮，紅而微腫的眼睛充份地顯著一種使我立刻憶起當起床號吹過，而他仍賴在床上被拖起來時的那副神氣——最使我難忘的，還是那次我們到加爾各答渡假，他大清早從著名的混血兒妓院返回招待所時的那個印象。

除了濃厚的眉和微彎的唇角，在他的容貌上我不能找到更顯著的特徵。而世故卻又掩飾不住那由於出身和教養所形成的風趣；他是樂天的，不事修飾，任性而自負。如他所說誤解他的人實在太少了，甚至他「有些太那個」的行為也常常被人讚揚。他唸過兩年機械工程，當過小工廠的工程師，在稅務機關混過一些時候；由於一個不願再提及的原因才志願從軍的。在軍隊裡，沒有更多值得我述說的了，不用說，他是一個最有出息的好小子。他有很多理由使值星官在他的假條上批一個「全休」；公差勤務絕不含糊，做得使人無懈可擊。但，他總是有那麼多空餘時間和村子裡的緬甸娘兒們鬼混，半夜點著馬燈窩在廚房裡賭錢。回國後，他第一個離開了部隊，從此互相便失去了聯絡，這次不知他從那兒打聽出我的地址，而我也貿貿然地來了。

現在，他見了我，話還沒說，先在我的肩頭上重重地打了一拳。

「好傢伙！我還以為你半個月後才會來呢！」他大聲說：然後吩咐那個叫做老郭的工友替我提行李，挽著我的手臂一同走上樓。在梯口，他彷彿有些兒靦腆似地接著說：

「我想你不會在意，咳！地方小，比較髒一點……。」

「這年頭，湊合湊合算了。」我截斷他的話。

他的眼睛明亮起來，愉快地說：「怎麼，這是我的話嘛！」

「就不能是我的話嗎？」

他笑起來。

樓上的面積要比樓下小得多，伸手可以摸到貼著被煙薰黃的舊報紙的天花板，兩邊土牆滲著水漬，前面臨街的地方有兩扇蒙著污垢的玻璃窗，旁邊有一張堆滿了紙片和零物的寫字桌，右角那個白磁碟上裝滿了煙蒂；枱角有許多烏黑的，被煙蒂烙焦的痕跡；左面是一張大大的，對於這座小樓實在不相襯的木床，上面鋪有很體面的湘綉被褥，枕頭上卻滿是油漬；牆角與衣架之間，懸著一條繩索，掛滿了衣服和已經穿了底的軍用毛襪；還有許多雜物和箱子堆在右面較空虛的角落。

他一面穿衣服，一面嚷嚷不休地告訴我貴陽的情形，他的近況，以及關於報社的計劃。

說到後來，他緩緩捏緊他的拳頭，在空中揮動一下，堅定而有力地笑著說：

「就這樣！你是知道的，我總是那麼充滿信心！」

「不然的話，你現在還是一個賭徒。」

「現在我，」他看看我：「——還是個賭徒。」

他得意地笑了。

由於一個不幸的預感使我沉默下來。直至他洗漱完畢，我才忍耐不住，以和緩而摯切的語調問：

「如你所說，當你未贏得這筆巨款之前，你生活得很困窘？」

「的確！我甚至連住的地方都沒有。」他老老實實地回答。

「那麼現在你總該滿足了。」

「也許是的。不過，我不知要到什麼時候才肯收回我的賭注！」

「……」我不解地注視著他。

他在一面小小的鏡子前面結著一條顏色鮮艷的領帶。這時，他回過頭，顯得有點悠閒地繼續說下去：

「你知道我十分厭惡平凡！」

「所以你要賭！」我不以為然地叫嚷起來：「直至賭盡最後一件能夠剩下的衣服——就像你兩個月以前的那種狼狽情形吧——那時你倒真的顯得有點不平凡了。」

他靜靜地在聽，嘴上啣著的香煙使他微微將那雙機警而深沉的眼睛閉合起來。及至我將話說完，他含著一個溫和的微笑走近我，輕聲說：

「當你有一天發現富有和貧乏原是一對孿生兄弟的時候，你一定能夠了解用命運作賭注的賭徒了。」說著，不容我回答，他用手圍著我的身體。「走！咱們去乾兩杯，回頭陪你去逛逛街。」

二

我就這樣安頓了下來。

黎堯所辦的是一份四開單張的小報。除了我和他，還雇用了三位記者，而其中有兩位是兼任編輯；老郭除了雜役還擔任校對。關於職員的薪給，是依照盈餘的多寡計算的，這種方法，當然不能說是不公允。嚴格地說，它不應稱為一份報，在貴陽這多報當中，它是獨具一格的；它的特色不在於報導國內外的政局動態，而是偏重於側面報導，以及一些不為人注意的小新聞，和近乎跨張的特寫和宣傳，因此，它發行得很不壞；不過，有時總難免招致些麻煩。黎堯幾乎是不斷的被傳訊、警告、甚至被人毆打。

然而，黎堯終究是黎堯。

每次不幸的事情發生之後，他總是那麼坦然地說：

「我們要站著，所以只好這樣。」

一天早晨，貴陽的十月已經很寒冷了，窗外飄著細雨。其實，貴陽似乎永遠沒有晴天。我和黎堯都有躺在床上看報的習慣。我和他對睡在窗戶的兩旁，不斷地在寫字桌下交換著看完了的報紙。

驀地，他端坐起來，興奮地顫聲說：

「噢！快起來，快起來。」他揚了揚手中的報紙：「事情又來了，在半個鐘頭之內，還可以趕上九點十分的公路車。」

「究竟是什麼事？」我好奇地問。

他匆遽地披著棉大衣走下床，我看見他的腳脛冷得不住地顫抖。

「你看這裡，」他將那張貴州日報摺為一小角，放在我的膝上，指了指，然後搓著手說：「你看是不是最吸引人的新聞，咱們來一個什麼標題……」轉轉眼珠，他笑了：「呃，有了！哦，不過你得探訪得詳細一點，新聞小說化，外加圖片，一連載就是一個禮拜。」

他仍在咕嚕，我沒理睬他。在地方通訊版的下角，我看見一條小小的新聞，標題是兩行四號黑體字：

青年軍官覆車罹難
巨富之女服毒殉情

（本報鎮遠二十日訊）本邑巨富柳孟賢之幼女柳子黛突於今晨服毒自殺，不及救治，一縷芳魂，遂作仙遊。據悉柳子黛現年十九歲，抗戰期間曾棄學參加女青年軍，服務於某部政工隊。勝利後熱戀一青年軍官，三月前，雙雙復員歸來，互論嫁娶。奈好事多磨，該軍官不幸由江返鎮途中覆車殞命，柳子黛聞耗後，悲慟不已，頓萌厭世之念，乘家人不備之際，於今晨服毒殉情。聞其父遵其遺書所求，擬擇地合葬云云。

十分鐘後，我和黎堯已經走在到享站的路上。他一路不厭其煩地盼咐我要如何爭取時間，如何從側面獵取在正面得不到的消息。

到了站，當我在車上坐定之後，他隔著車窗高聲重複著說：

「記著要盡量收集有關的圖片和信件；稿，每天都要寄！寄快信！越詳細越好。」

我看見一種奇異的光芒在他的眼睛中閃爍著。眉宇間洋溢著極度的興奮：

「請放心，我的社長！」我說：「我會辦得很好的。」

「完全看你的了！」「那還用說。」

他突然將頭湊近車窗，詭譎地沉下聲音說：「呃，易凡，我以你的資料，大大的渲染一番……」

我們都笑起來。

三

鎮遠離貴陽只有一天路程，到達時天色已經沉黑了。

在一家小客寓裡定了一個房間，我隨即到附近的茶館裡去。

貴州是地無三里平的山岳高原，到處是山，鎮遠就和其他的縣份一樣，市街沿著山勢建築；也和西南所有的縣份一樣，三步一家茶館。

我要到茶館去的目的，不外是聽聽地方上關於這件事情的傳說，而且死者的父親是鎮遠數得出的巨富，這件免不被人作為茶餘酒後的談話資料。再說，還得收集一些關於死者生前死後的傳說，作為明日去採訪的一個準備。

我先在一家當中懸有一盞光亮汽燈的茶館裡坐下來。很熱鬧，塞滿了高亢的語聲和煙霧。

我邊用碗蓋去撥開浮在碗上的茶葉，邊仔細地傾聽著。

半個鍾頭以後，我離開了這個地方到另一家茶館去。

歸結來說，這個晚上使我十分失望，我只聽到一些空泛的，玄奇而不著邊際的議論；不過，總算是在這些議論中約略窺見一個模糊的輪廓。以我推斷，死者的個性很強很任性，單就她不顧父母的阻止毅然參加女青年軍這件事情上，就能發現；當然，父母對她寵愛也是原因。假如照傳說中所說，她曾經和那個青年軍官在芷江住了兩個月，上月底，才從芷江單獨地回到家裡來；那麼只要從她準備嫁妝而至自殺，都足以證明她和那個青年軍官感情極好，而不是被遺棄。但，問題卻是我對於那個青年軍官的情形一無所知。

返回客寓，我在它那暗淡的堂屋的舊式大木椅上坐下來，當我正在思索著怎樣進行明天的計劃時，有諂媚的聲音向我說：

「先生，還有什麼吩咐嗎？」

我抬起頭。面前是一個道地的小客棧茶房：矮小，頭上包著一塊白毛巾，腰帶上扣著一根玉嘴煙管。我漫聲回答：

「沒什麼，沒什麼。」「要不要吃碗酒釀鷄蛋，泡米花？」

想了想，我說：

「好吧！給我煮兩個鷄蛋。」

及至他端著碗托回來時，我有意無意地問：

「鎮遠有報紙嗎？」

「包子？吃的包子？」

「哦，不！我是說看的報紙。」

他戇直地笑起來，露著一嘴黃牙，說：

「你先生開玩笑囉，地頭小，那家養個私娃兒都瞞不了人，還有個啥報紙。」說著，他在我的身旁坐下來：「前幾天米碼頭的那件事情，你先生曉不曉得。」

「聽說過。」我故意裝作平淡地吃著鷄蛋，應著。

「唉……」他搖搖頭：「年紀輕輕的，真是！」

「有人說那位軍官的年紀也不大。」

「才二十歲。」

「你怎麼知道？」

他看看我，露出一些得意的神情，說：「我家姑爹在警察局做事，那天在柳家查問了一天。」

「那麼那個軍官姓什麼，你家姑爺也知道了？」

「當然，做警察的就是馬虎不得，」他回答：「嗯，那個軍官和你先生同姓。」

「怎麼，也姓范？」

「嗯，姓范，名字就是一個野字。小橋頭麻子大爺就給他算出這個野字犯了冲……」我牢牢的記著范野這個名字。

夜裡將搜集來的蛛絲馬跡給黎堯作一個詳細的報告，又兼整日勞頓，第二天我起得較遲。

洗漱後，我將信交給那個矮小的茶房代發，然後逕自向米碼頭走去。

那天氣候很壞，陰霾，颳著風，空氣冷而沉澀。

經過幾次詢問，我終於找到柳孟賢的住宅。那是和他所經營的米行是連在一起的房屋，依著山勢，分為三層；他住在上層，由一條小石板路折入中院，然後循著一條光潔的石道走上一幢舊式的，寥寂的樓房。引領我進來的傭人讓我在大廳坐下，獻上茶，然後悄悄地由花欄旁邊走進內室。

大約半支煙時光，走出一位穿著一件藍緞棉袍的老年人。頭髮花白，面容極其憔悴，意態中持有一份令人寒慄憂愁，他手上拿著我的名片，注視著我。

我想：他就是這兒的主人。於是我搶著說：「這位就是柳老伯？」

他微微地點點頭。

「我是范野的哥哥。」我說。這是我事先計劃好的。「哦……」他遲疑了一下，開始打量著我和手上的名片，乏力地說：「他說他沒有哥哥？」我用一個苦笑掩飾自己的窘態。

「我和他是堂兄弟，多年不見了，假如他還活著……」垂下頭，我深沉地太息起來：「假如他還活著……」

「這是天意。」

「是的，這是天意。」

「范先生這次。」

「我由貴陽特地趕來，想知道這一點關於他生前的情形，還有令媛……」

老人的臉上蒙著一層痛苦的陰翳。

沉默開始了，連續了一個很長的時候。老人突然顫動著蒼老的聲音喃喃起來：「我太愛她，這樣反而害了她……」

「……」

「害了她……」說著，老人迂緩地抬起頭，向前面的屋瓦和遠山眺望著，幾滴瑩亮的淚水凝在清凜的臉頰上。漸漸地，因回憶而起的意趣在他的眉宇間顯露出來。然而，他那按在紫檀木椅上的枯瘦的手指仍微微地痙攣著。

「三個月前的一個晚上，子黛突然回來了。」老人說：「和她一起回來的，還有一位年輕的中尉。就是范野。她很快地告訴我從軍的經過，和不能寫信回家的原因，後來她才告訴我，那年輕的中尉是她的未婚夫。我不能說什麼，我只對她說我很喜歡這個孩子，我幾乎認為除了他，世界上便不能再找到任何一個人，更有資格娶得我的女兒了。這天晚上，范野答應退伍之後回鎮遠結婚，而我，也需要一個年輕有為的人照管我的事業……。

「第二天，范野所率領的車隊繼續向芷江出發了。臨行之前，他希望子黛好好的在家休息一些時候，他到芷江交待好立刻回來。可是子黛卻臨時決定跟他到芷江去玩幾天……」

老人悽側地停頓了一下，接著說下去：

「這是誰也拗她不過的，於是，第二天她就跟著范野到芷江去了。」

當他結束這句話之後，我急急地問：「聽說他們在芷江住了好些時候？」「是的，住了快兩個月。中秋節的第二天，子黛才回來。」

「他們兩個人？」

「不！是子黛單獨回來的。」

「哦……」

「同時，她還帶著范野所有的行李。她說范野馬上就會來，他留在芷江辦理辭職的手續。」

「在她的神情上，老伯有沒有感到有什麼不對嗎？」我問。

「沒有，她很愉快，整天忙著自己的嫁衣和佈置新房。范野翻車之前，她還時常寫信給他。」

老人思索片刻，說：

「這之間，相隔了多少時候？」

「將近一個月了。」

「那麼范野也寫信給她了？」

「當然，而且很多，最後的一封是在翻車的前一天發出的。」

「你知道信的內容？」

「那天子黛讀過後，很興奮的告訴我，范野決定明天回來。」

「後來翻車的消息是由那兒傳來的呢？」

「是范野的同事，一位姓史的隊附。」

「你認識他？」

「我才從芷江回來，」老人抑制著欷歔，瘖啞地說：「我曾經去看過范野的墳，在七里舖一個土丘上，那兒離出事的地方很近。」

「那我也得到芷江去看看。」我自語著。

「馬上動身嗎？」

「我想……」

「啊！不用忙，」老人站起來，摯切地阻止我的話：「既然不是外人，就請用一頓便飯，明天走還不遲。」

就這樣，我終於被留下了。

席間，我看見老人的妻子，和娟瘦的大女兒。大家很少說話。那種生澀而難堪的沉默使我失去窺察他們那悲傷的，因不幸而變得冷淡的神色的勇氣。

飯後，我要求主人允許我到他女兒的房間裡去看看。

這當然沒被拒絕。

「我們不想移動她房裡的東西，」推開樓上東首的一扇房門，主人輕聲警告著：「這是他母親的意思，而且要永遠保持著現狀。」

「是的，對於你們兩位老人家，這也算是一種安慰。」

我們停止在門邊的大衣前面，老人感概地喟嘆起來。

「如果不發生這種事的話，」說著，他仰起頭：「這就是他們的新房，下個月的第一天，就是他們結婚的日子了。」

環視一週，我開始注意到地板上一堆已燒焦的紙片。靠著床邊，還留有焦黑的痕跡，顯然曾經被移動過。

我蹲下來，這位可憐的老人平淡地說：「這是她的日記和信件。」

「是……」

「是子黛自己燒的。」

我用手指去撥弄，發現她燒得很仔細，簡直沒有留下一點點碎角。我感到有些失望地站起來，自言自語地說：

「死之前，她的心境很平靜。」

「誰也沒料到會發生這種事情的，」老人接著說：「接到范野翻車的消息以後，她不說一句話，也沒有哭過，那天晚上她陪我們談了很晚才回她的房裡去。」

「她的個性太強了。」

「我們都說她像一頭野貓，」老人噙著眼淚，苦笑笑，沙嗄地低聲說：「是我寵壞了她。」我和他繼續談了一些關於合葬的問題，便借故告辭了，我說我得趕夜車到芷江去，因為貴陽還有重要的公事等著辦。送我走出院門，他要求我在合葬的那天，無論如何也要來。「他們去了，剩下來的事，」他傷心地說：「就是我們的了。」

「是的，現在是我們的事情了。」

……

回旅館後，退了房間，我趕到車站去搭夜車。那時離開車的時間還早，於是我在一家生意清淡的小食店裡坐下來，就便給黎堯寫了一封長信，信末我註明：為了要知道一點關於那位青年軍官和他們生前在芷江時的情形，我決定乘車到芷江去。

四

往東走，地勢較低，山路也沒有北部的烏蒙山和中南部的苗嶺那麼陡峭；但，乘搭的那輛破公路車沿路發生故障。抵達貴州與湖南交界的玉屏時，已經是深夜了。

……

接著，我又沉沉睡去，直至汽車在芷江站上停下來，我才醒。已經是上午九點鐘。

拍去身上的灰塵，我立刻按著那位老人告訴我的地址去找尋范野的部隊。我相信那位姓史的隊附一定樂於將他所知道關於范野和柳子黛的事情告訴我。而且，我希望能從他那兒找到他們的照片。據柳子黛的父親說：在自殺前她將所有的照片和信件一起燒了。

可是找到正午，我還找不著。說來簡直令人難以置信，芷江小得可憐，河兩岸的房屋大半被不久以前發生的大火焚毀了，半小時就可以跑完所有的街道。後來，才從一個香煙攤上探聽出來，這個車隊今天一早出發了。

看看我這份焦急而絕望的神情，那個人補充著說：

「他們在城外中山公園住了好一陣子，現在我看……嗯，最快也過不了洞口。你如果乘夜車趕，還是趕得上的。」

「哦……」我應著，付了錢，隨手燃起一支煙，低頭沉思起來。

想了想，我又問：

「一般說來，今晚他們可能歇在什麼地方？」

「不是桃花坪就是邵陽，橫豎明天到衡陽沒有多少路。」

我想，如果為了獲得范野的資料而追下去的話，顯然很不合算；他們既然在芷江好幾個月，那麼到公園附近的地方去打聽打聽，或許也可以找到一點眉目。

我於是放棄了追下去的念頭。

這個地方倘若說是公園，倒不如說是一個小市集或者校場更恰當些，在公路旁邊，地方並不大。擺滿了零食攤，江湖醫生的布棚，相士的竹架；右面有一家用竹片搭起的，演文明劇的小戲台，當中有些空地，地上還沾有些油漬和一些烏黑的棉絮布片，這大概就是那個車隊停留的地方。

我在緊靠著裡面大樹下露天茶舖的竹靠椅上坐下來。

一個高大，面色黝黑，支撐著一條木拐杖的人走近我。他那已被截斷了右腿，很規則地隨著拐杖前後擺動。

「先生，什麼茶？」他很客氣地笑著問。

「嗯，給我一碗菊花。」我回答。

他走後，我發現坐在一張木桌前面和站在爐口的那兩個人也是殘廢的。所以當他再過來的時候，我好奇地問：

「老鄉，你以前是……」

「當兵的，現在是榮軍。」他生澀地笑笑，沉重地說：「現在賣賣茶，混混日子。」

我不響，從他的眼睛中逃開。

將兩碟葵花子放在我的身旁，他隔著小几坐下來。「先生打那兒來？」他問。

「貴陽。」

「有什麼大買賣？」

「那裡……」我笑笑，說：「我來找朋友，趕巧他們的車隊今天一早就走了。」

「車隊？」

「呃，就是停在這兒的那個車隊。」

「你的朋友幹啥的？」他似乎很有興趣似地問。

「隊附。」

「是不是史隊附？」

「怎麼，你認識他？」我故意將聲音揚高。

爽朗地笑起來。

「哦，太熟了，咱們天天見面。」他摸摸下巴：「真是個老好人，從來不欠俺一分茶錢，象棋下得真不壞。」

「可不是，我跟他來十盤，準輸十盤。」

「俺也是。」他老實地說。

「你也認識那個老范？」

「范分隊長？」他望望我，又笑起來：「太熟了，太熟了。」

「你認識的是那個姓范的，是怎麼樣一個人？」我怎怎地問。

他彷彿遭受到侮辱似地頓了頓，有點惱。將身子坐正之後，他大聲說：

「這個車隊，俺李忠敢說，上至中隊長，下至伙佚勤務兵的名字，俺都可以倒背出來。」他非常認真地繼續地說：「他年紀很輕，瘦瘦的，很和氣，帶了一個太太，長得挺漂亮……」

「現在他的太太呢？」

「回娘家去很久了。」

我知道他說的正是范野，於是我故意喟嘆一下，有意無意地說：「唉，老范死得真慘。」

「你說什麼？他死了！」他在靠椅上坐起來，懷疑地問。

「你不知道？」我反問。

「是今天？」

「快一個禮拜了。在七里舖翻車死的。」

「你活見鬼！」他鬆弛下來。

「怎麼說？」我緊張起來。

「今天早上，他明明還在俺這兒灌了一壺開水，跟俺拉拉手來的。」

「你說的就是那個范野，那個中尉？」

「對！范分隊長！沒錯。」他又回復他的笑意。很困難地在靠椅上站起來，到前面去招呼客人去了。

我倒在靠椅上，惶惑起來。

……

付了茶錢，我隨即問好路，馬上趕到七里舖去。

在後面一個孤獨的土丘上，我終於找到一個新墳。墳頭插著的薄木條上有用墨筆寫的，「陸軍中尉范野之墓」八個字。

思索了一下，我向土丘右面一間狹小敗陋的木屋走過去，我想，那裡面大概住有看守山墳的人。

我的臆測對了。當我的腳步停止在那低矮而黑暗的簷下時，木門裡走出一個枯瘦得駭人的老頭，前額和下巴在他的臉部凸出，細小的身體裹在一件太大的破襖裡面；他不斷地霎著那雙蒙著紅翳的眼睛看著我。用一種發音奇怪的聲音向我說：

「先生，買香燭紙錠嗎？」

我將一張紙幣塞給他，搖搖頭。

「哦……」他仔細地察看著我給他的紙幣，然後弓著腰說：「謝謝你，先生。」引他走到那堆新墳前面，我問他：「這裡埋的是一個什麼人？」

「當兵的。」他不假思索地回答。

「害病死的嗎？」

他點點頭。「多久了。」

這次，他屈著手指計算了一下，肯定地回答。

「九天。」

「九天？」我伸出九個手指，重複著問。

他又點點頭。

「那麼這塊木條呢？」

「前天才有人來插上的。」

范野沒有死，現在似乎已經是毫無疑問的了。為了慎重起見，我隨即到七里舖警察分駐所裡去查問。結果，那天翻車的死傷名單上並沒有范野這個名字，而且這些人裡面，沒有一個是軍人。

事情愈來愈複雜了。在返回芷江的路上，我一面走一面想，我深深的陷入這個不可解的謎裡。

回到芷江，已經是黃昏了。霧，將這座小城迷濛得比那四週閃爍的菜油燈光更暗淡；這情調有些兒憂鬱意味。

我用急電給黎堯拍一對很長的電報，末後請他暫時不要將這個消息發表。我就坐在電報局的。長椅上等候他的回電。

九點鐘左右，貴陽的回電來了，跟我一起著急的電務員，從那間狹小的收報室裡走出來，如釋重負地說：

「喏，你的電報！」

我急忙搶過來看，電文上只有一個字：

——「追」

五

當天夜裡，我趕上一輛到邵陽去的貨車，到達的時候是次日的早晨。可是他們那個車隊已經到衡陽去了。換了一輛客車，我在第二天晚上才追到衡陽。

「過去了！」站上的人對我說：「可能住在楚塘舖。」「離這兒遠嗎？」我焦急地問。

「不算遠，只一站路」。

在站上進了一點麵食，我連夜步行到淺塘舖去。……

我已經走得精疲力盡了，前面才隱約出現一些微弱的燈光，漸漸地近了，近了；地平緣上浮起一個小村落黑暗的輪廓。

我看見車隊停在楚塘舖外面的廣場上。

一位肥胖而仁慈的茶館的老闆給我一條刺肉的粗毛毯，留我在他的店裡過夜；還給我一個熾旺的火盆。怕誤了事，我失眠了一夜。

第二天，天沒亮我就跑到廣場上去，車隊已經在準備出發了。

我向一個剛做完檢查引擎工作的駕駛兵詢問：

「請問史隊附在那兒？」

他先看看我，然後引領我到左角一輛插有紅旗的吉普車旁邊。在他向一位方臉的軍官敬禮的時候，我連忙走過去。

「這位就是史隊附？」我謙恭地說。「不敢，不敢。」他笑著回答。

我隨即在上衣袋裡掏出昨夜預備好的一張名片遞給他，說：「久仰得很，呃，黎堯先生介紹我來，有些事要麻煩您……」

「哦……」他接過名片，看了看，縐縐眉，似乎在思索。

「嗯，他是您的老朋友。」我注視著他。

「哦……黎堯，黎堯？」他抬起頭，用手搔搔頭髮，又將名片反來覆去地看看，嘴裡重複地唸著：「黎堯……。」

「他說的，象棋除了您，就沒有敗過。」

「啊……」他霎霎眼睛，滿意地笑起來。

「您的腦子比他的更健忘。」

將名片納入衣袋，他誠摯地問：

「范先生有什麼事需要小弟幫忙的，只要辦得到，您儘管說。而且……」他又將名片掏出來：「而且黎堯和我又是老朋友，用不著客氣，用不著客氣！」

「其實，也沒有什麼……」

他似乎很熱心似地催迫著：

「那麼說來聽聽。」

「社裡這次派兄弟到長沙去……」

「您要到長沙去？我還當是什麼大不了的事情呢。」他愉快地說：「放心，咱們吃了早飯就出發。啊，不過大鍋菜，怕您吃不來。」

「隊附您別客氣。」

「這，算得了什麼。」他推著我到廣場上去：「說來都是老朋友，嗯，到長沙再好好的招待你。」

吃飯的時候，他向我介紹范野和一位姓顧的技術員。

我總算找到了這個「已經死去」的范野了。他一直沒有說話，顯得很憂，面色蒼白，神態上要比他的年齡老得多。飯後，他獨自靜靜地走開了。

出發時，我坐在史隊附的車上，很快的便和他混得爛熟。

過了衡山。我說：

「范分隊長這個人很古怪。」

「你怎麼知道？」

「他沒說過話。」

「他不想說。」他平淡地說。

「很固執。」

「而且很驕傲。」

停了停，我又說。

「他的精神很壞，像是有病。」

說著，我偷窺著他。聽了我的話，他聳聳肩，笑笑，有點神祕。

「心病，」他淡淡地說：「醫不好的心病。」

「哦……」

「他以前並不這樣，很活潑，很有生氣。」他感慨起來：「可是現在，毀了一半了……」

「那麼他的病是最近才起的囉？」

他側過頭來看看我，嚴肅地說。「為了一個女人，一個妓女。」

「怎麼，是個妓女？」

「在貴陽跟他走的一個妓女。」

「現在這個妓女呢？」我急急地問。而且希望他回答那個妓女不是柳子黛。然而他已經說話了。他說：

「那個妓女已經自殺了。」

「啊……」我頹然垂下頭，突然失去了全部思考能力。

沉默如同一種黏液似地在彌漫開來。

車隊慢慢的，經過好些小鎮市；向著公路和山巒的盡頭伸延，揚起一條久久不散的，迷茫的，令人嗆咳的灰塵……

我身旁的同伴靈活地駕駛著車子。彷彿車內的空氣太沉鬱單調，他顯得煩躁起來；他在坐墊上挪動那略為笨重臃腫的身體，向車外吐了一口痰，然後輕輕地哼起軍歌來……

那種難聽的聲音突然靜止了，他伸手拍拍我，說：

「你睡著了嗎？」

「不，我醒著。」我回答。

「駕駛的人最怕別人在他旁邊打瞌睡的，那樣很容易使他疲倦。不過，我卻喜歡坐在別人的旁邊睡。」

「那味道像一個大搖籃。」

歇了一下，他突然說：

「關於范分隊長的事……」

「呢，你只說了一個開頭。」

「說不完。不過我知道的也不多，總之很微妙。」

「大概是他遺棄了那個妓女，她才自殺的？」

「其實……」他舐舐嘴唇：「也不能說是遺棄。」

「他們的感情不好？」

「很好很好，夫妻間少有這樣客客氣氣的。」

「范分隊長不愛她？」

「愛是愛的，可是他不能娶她。」

「這怎麼說？」

「不是很簡單嗎？有些女人只能做愛人，有些女人只能做情婦，有些只能做太太。」

「這樣說來，他在感情上是很冷酷的了。」

隊附不以為然地將聲音提高：

「不！那是理智的另一種說法。他很熱情，像一團火。」

「那麼女的自殺，只能怪她自己了？」

「當然男的也要負一部分責任，但照事實上來說，他做的是對的。」

「你越說，我越糊塗了。」

「總之，太微妙。」他爽朗的笑笑，「算了，咱們別提這些，說咱們自己的——你玩過多少個女人？」

……

他轉了話題之後，我不便再問下去。而且據他說，他們在長沙還要住一些時候，等總部決定了到南京的路線才繼續走。他們的部隊是隸屬陸軍總部的。

我想：關於這件事情的始末，以後他總有機會說的。

於是，我跟他胡聊起來……

六

到了長沙，車隊停在冷落的東車站附近；我在中山東路首一家小旅社裡定了一個房間，因為旅社離他們很近，我可以時常接近他們。

為了表示我的謝意，那天晚上我請他們到熱鬧的八角亭吃夜飯，其中當然也請范野和那位姓顧的技術員。范野坐在我的右邊，依然很少說話。他彷彿與我們是陌生的，毫不相干的，或者說是恥於和我們談話似的靜坐一旁，沉耽於一個在囓咬著他的思想裡；偶而也抬起頭，但：他的眼睛並不在窺望些什麼，那雙黑褐色的眼珠裡面是空虛的；宛如一具落盡音符的琴弦一樣，生命靜止在一層黯淡的光暈裡。

他大口大口地喝著酒，又謹慎地替自己的杯子斟滿。

很晚我們才離開那家飯店，大家都有點醉意。同來經過旅社的時候，我提議進去坐坐，吃些水果醒醒酒。

而范野卻頭也不回的單獨走了。

我要追上去，那位技術員阻止我。

「讓他自己回去吧，」他說：「勉強反而不好。」

「總有一天他會恢復過來的。」隊附接著說。

「真的能夠嗎？」我問。

「日子久了，記憶也就淡忘了。」

「很難說，他這種個性……」

……

那夜我和他們天南地北地聊了很久，雖然也提及范野和柳子黛，但：他們二人似乎不願再涉及這件事情，所以每當我發問的時候，話題馬上又被扯開了。不過從語氣中知道這位姓顧的技術員和范野的友誼很深，說來他是范野的下屬，而范野卻很聽他的話，也許是他的年歲比較大的緣故；至於柳子黛，據說在芷江自始至終是和范野分居的，這件事已經是公開的秘密，然而他們之間從來沒有爭吵過。

送他們走出旅社，我說我在長沙還要耽擱一些時候，一個人很寂寞，希望他們常來；假如歡迎的話，我明天中午到他們那兒去吃大鍋飯，晚上由我請客看戲。

第二天，十點過後我才起床。寫好給黎堯的信，我才慢慢步行到東車站去。

他們果然添了好些菜，像幾十年不見的老朋友似的招待我。

飯後我提議到街上走走，午後在外面吃了夜飯再去看戲。但，范野卻拒絕了。他只說他不想去，並沒有說明什麼理由。於是大家又變了主意，贊成去坐茶館。范野終於也參加了。因為東車站一帶住了不少尚未遣送的日本戰俘，離市面又遠，所以前面路口的那家茶舖顯得異常冷落。

我們坐在一排窗子旁邊，可以看見遠處的田野和橫貫的粵漢鐵路。剛坐下，史隊附要下棋，我推說不會，姓顧的和他對突。

范野靜靜地喝茶，剝著瓜子。當他發現我在注視他的時候，他很不自然地低下頭；顯然的，他處處提防著我，竟使我找不到一個合適的機會和他談話。

這樣無聊的過了兩天，事情毫無進展。我不敢將實情告訴黎堯，在給他的信上，我虛構了許多不相干的事情；怕他等得不耐煩而將范野沒有死及柳子黛是妓女的消息發表出來。

第四天是星期日，天氣很好，我一早就到車隊去。

一個身體很結實的班長操著一口十足的四川話向我說：「他們開車子到金盤山去耍去了。剛走，晚上才回得來。」「范分隊長也跟著去嗎？」

「不！他在對面茶館裡。」

跑進茶館，我叫了一碗菊花，便在范野的對面坐下來。他坐在他自己的老位置上，淡淡地向我打個招呼。我以最大的能耐緘默著，而且極力裝出一幅若無其事的神情；直至中午，直至他悄悄地付了錢離開了茶館。我知道這是他用午飯的時候。

半小時之後，他又走進來了。看見我還坐在那兒，他似乎很驚訝。但，隨即又在原先的位置上坐了下來。我依然不找他說話，卻靜靜的窺察著他。將近傍晚，我覺得他已經為我的沉默而感到不安起來了。這時，我溫和地對他說：「我可以給你看看手相嗎？」

他微微地痙攣了一下，困難地回答：

「我並不相信這些。」

我凝視著他的眼睛，停了停，又說：

「你相信那些永遠得不到的，和那些並不存在於世界上的。對嗎？」

「我不懂。」

我故意輕蔑地笑起來。

接著，我非常嚴肅地沉下聲音：「你應該比任何一個人更了解自己，是不是？」

「……」

「恕我冒昧地說：你是一個很危險的人……」

他驟然間萎縮地垂下頭。

「從你的眼睛裡，我看得出你有心事。」我繼續說。

「……」

「請伸出你的左手吧，或許我能夠替你解決這個你所不能解決的問題。」

於是，他緩緩地抬起頭，緩緩而馴服地伸出左手放在我的面前。

其實，我並不會看手相，只不過在一位精於此道的朋友那兒學來幾句術語，約略能辨認出幾條掌紋而已含糊地分析他的個性之後，我不得不故弄玄虛了。我端詳他的掌紋有好幾分鐘。

「你在它的上面找尋些什麼呢？」他不耐煩地問。「生命的核。」

他迷惑了。

「你的話太玄了！」他說。

「但絕不是賣弄，」我放下他的手，沉肅地瞇著眼睛：「你是聰明人，你應該知道什麼是人的生命的核。它的意義，正如果核之對於果實一樣。假如一個生命沒有核呢？」

「……」

「便是虛無。」

「而人生本是虛無。」

「這是藝術至上論者的論調。美，只不過是一個虛幻的概念；而人生卻是實有。如果用圓來象徵完整的生命，那麼你用什麼來把握著這保持著均衡的圓心？」

「……」

「讓我替你說：是信仰。」我停頓了一下，低聲問：「請告訴我，你信仰些什麼？」

「我信仰自己。」他回答。

「但現在你卻在懷疑自己。」我嚴厲地說：「你已經將以前的你放逐了。」

「是的，」喃喃自語：「我變了，變了……」

「你以為世界上有不變的物質嗎？除了愛，宇宙間沒有永恆。基督徒信仰神，但：他們並未看見神；這並不能否定他們的信仰。倘若我們不將神藏於虛幻的祭壇上，而認為神是對全人類的一種愛的思念；生死不能將這種思念分隔，因為生是責任，死是解脫；我們秉承著愛，而孕育著愛；這樣，我們豈不是生活在神的永恆的愛和真實的信仰中嗎？」

「啊……」他低喊起來。

「這就是我要對你說的話，我相信現在你一定能夠解決困擾你的事情了。」

說著，我從座位上站起來，，匆匆地離開茶館。

才走到前面的路口，范野從黑暗中追趕上來，走在我的身邊，待他止住了喘息之後，畏怯地說：

「我們去喝點酒，好嗎？」

我不響。

七

這是一家酒店裡較冷靜的角落。

我們默默地乾了第三杯酒，范野忽然認真地問：

「假如你要結婚，那麼你的妻子應該是怎樣一個人？」

「最基本條件，當然是我愛她。」

「假如她不愛你？」

「那我就不跟她結婚。」

「假如她跟你結婚以後才不愛你呢？」

「這很難說，離婚好了。」

他苦澀地笑起來。又乾了一杯酒，他接著問：

「一個愛你的妓女和一個不愛你的小姐，你怎麼選擇？」

「那當然選擇那個妓女。」我隨口回答。

「是的，應該愛那個妓女。」他瘖啞地自語著：「可是當我愛她的時候，已經太遲了。她已經死了。」

「因為你剝奪了她最後活下去的希望。」

「你怎麼說？」

「我說你殺害了她。」我生硬地說：「而又殺害了自己。」

楞了一下，他突然伏在桌上痛哭起來。

我不能安慰他。

待他的哭聲漸漸靜止之後，我摯切地緊捏著他的手臂。

「事情已經過去了，你應該振作點。」我慰解地說：「關於她，不管是生前死後，只要你曾經愛過，那就夠了。」歇了歇，我又說：「合葬的時間還有一個星期，我希望你能夠永遠紀念這個日子。」

「合葬？」他猛然抬起頭，急急地問：「你怎麼知道？」

「為了這件事，我專程由貴陽趕來。」我回答。

「你想……」

「我只想知道一點關於你和她的情形。」

「你要將它在報紙上發表？」

「這是我的原意，可是現在我不能這樣做了。」

他不解地注視著我。

「你用不著懷疑。因為我不忍心讓別人知道柳子黛是一個妓女，這樣對她太殘酷了！而且，也會毀了她父親的聲譽；同時，為了採訪她自殺殉情的消息，我曾經冒充是你的堂兄；這次合葬，我還要以男方死者的家屬身分出面。」我向他解釋著。

他低頭不語。半晌，才用一種沉重的、半窒息的、悽痛的聲調開始說下去，而且希望我不要發問，和打斷他的話。

我應允了。

八

現在，范野從那被罪孽所撕碎的心靈中匍匐出來；沉湎於不可復返的，那些美麗日子的記憶裡。下面是他的話：

我的父親是一個倨傲、固執、持有太濃厚優越感的人。所以我也秉承有全部他的性格和氣質；而母親卻教我信仰宇宙的主宰，與其說是「神」，毋寧稱它為「能」——人們稱這種「能」為「神」，正如人們稱杯子為杯子一樣——所以我信仰主宰著「能」的自己。總之，我認為自己不是一個平凡的人。

戰爭使我很早就了解這個世界，我所體驗到的，已經超越我的年齡；然而世故並沒有讓我將愛恨混清在一起，相反的，我愛我所愛的愈深，我也恨我所恨的愈深。

軍隊的生活是枯燥而單調的，我從那些老兵的嘴裡知道了許多關於女人的事。他們那些話不能引誘我，我發覺自己對於女人有些畏懼；戰爭和環境使我沒有機會接近女人，這當然也是造成這種畏懼心理的原因。而最大的原因，卻是我在精神上易於滿足。情慾對於我，就像金錢對於我一樣，我看得很淡漠。

勝利後，我們的軍隊奉命由昆明復員南京。在出發的前一天，顧彝忽然冒著大雨來找我，他說他在住閒，希望能夠在我的分隊裡安插一個名額；恰巧按新編制，隊上缺少一位技術員，而他正是本行，於是他便隨著我們一起走了。

他曾經和我在中國駐印軍同一個部隊裡同事過一些時候，那時因為工作不同，所以交情很淡；分開了二年，我們竟親密起來。按照年紀說，他比我大九歲，人情世故方面，似乎應該比我懂得多；其實不然，也許是由於學識上的關係。他的謙恭和虛心很易於接近別人，卻又拘謹得出奇。除了公事，我總當他是自己的兄長似的待他。

到達貴陽的那個晚上，因為大隊部讓我們休息一天。於是，我和他喝了許多酒，蹭蹬地從酒店裡走出來。

走了幾步，他將那支香煙從嘴角挪開，很突兀地問我：

「我們去找女人好嗎？」

我閉起眼睛，我感到一重烈燄將我圍裹在激情的顫慄裡。

他狂笑起來，伸手去挽著我的手臂。

「走吧！」他含糊地說：「去看看也好。」

隨即，我們向那些黑暗的街巷匆遽地走過去。

我們到那些令人嘔吐的下等娼寮，那些暗娼昏黑而骯髒的私窟，那些庸俗的妓院……

這就是我們要找的女人嗎？我憎惡地吐著涎沫，再次向顧彝說：「算了吧，我們回隊上去。」

顯然，顧彝已經感到失望了。他疲乏地垂下嘴角，邊走邊詛咒。詛咒著我們的運氣，沒有找到出色的女人。

當我們懶散地循著原路回去的時候，他突然在一家旅社的門前停下來，用興奮的聲音向我說：

「你在這兒等等，我就來。」

我正想發問，他已經邁著寬大的腳步進去了。

很快的，他從裡面走出來，身邊還有一個打扮得很樸素的女孩子。顧彝隨即笑著向我介紹：

「這位是劉小姐，他，他是我們的分隊長。」

她很自然地笑笑，笑裡含有一種魅力。在她那並不顯得太瘦削的臉頰上，卻泛濫著一種無邪的稚氣，眼睛裡微微地染有一些少女的悒鬱。我正在推測她的身世和遭遇，她已經向我走過來，輕聲說：

「不進去坐坐嗎？」說著，她回頭看看顧彝。然後拉著我的手臂，走入旅社裡去。

她的住所是旅社的頂層，新蓋起來的，還有很濃重的木脂氣味。房間並不大，而陳設得很簡潔，每件傢俱用物都是新置的；前面是天台，可以俯望下面的街道。

看見我呆立在房間的中央，她站在門邊，注視著我說：

「隨便坐，我不會招待客人。」

這時候顧彝從天台外面走進來，暖昧地向我霎霎眼睛。

「啊，我得到下面去一趟，」他大聲說：「我忘了買香煙。」

她移開一步，讓顧彝走下樓梯。

顧彝離去後，我不敢去看她，我只安靜地坐在房內唯一的一張椅子上，故意用眼睛去張望著天台。

沉默了好些時候，我焦燥起來，我疑惑地回過頭。

「他不來了。」她仍佇立在門邊，平靜地說。

「不會的。」我急忙站起來。

她笑了。

「他對我說，他不來了，」她說：「叫我好好地照顧你。」

「那怎麼成，我得回去。」我向梯口走去。

「急些什麼呀，既然已經來了……」說著，她伸手去阻攔我。

我困難而訥訥的解釋著：

「嗯，我得回去，因為我忘了帶錢。」

「你以為我要的是錢嗎？」她生氣地凝視著我。

「哦……」

「而且我也並沒有向你伸手要錢。」

於是，我留了下來。一半是為了情面，一半是為了滿足自己的好奇心。

那時，我對於妓女，心中總存有一種莫名其妙的輕蔑和憎恨；我總認為妓女就是醜惡和罪孽的化身，男人用金錢去發洩自己的情慾是一件很合理的事情。假如去愛上一個妓女或被妓女所愛，那是一種最大的恥辱。因此當她反手去扣上房門，讓我在床邊坐下之後，我矜持地聲明著：

「明天你可以跟我回去，我一定付清今夜的錢。」

她不響。嘴角浮起一個凄蹷的微笑，然後跪在地上，替我脫去那雙笨重的軍靴，再抬起頭時，瑩亮的眼淚已經將她那烏黑的眸子蒙住了。

接觸我的凝視，她遽然乏力的垂下頭。

「啊……」我微喟了一下，感到沉重起來。我想，剛才我說的話，也許傷害了她；於是，我愧仄地撫著她的頭髮，憐惜地低聲說：

「我說的話是無心的。」

「其實都一樣，」她瘖啞地回答：「只不過我對於這種生活還沒有習慣而已。」

「妳才來的嗎？」

「你是我第三個客人……」

「第三個？」

「昨天我才搬進這個房間裡來，是旅社的老闆娘花錢替我蓋的。」

「為什麼呢？」

「我和她合夥。」

「合夥？」我驚異地重複著。

「就跟生意買賣一樣，她投資……」深重地吁了口氣，她站起來，自嘲地笑著說：「好了我去給你要點吃的，到這種地方來，總要高高興與的才像話。」

……

我和她將棉被墊在背後，促膝靠坐在床上，天台上鋪著一片銀白的月色。貴陽五月的晚上有點寒意，我們將身體裹在一張薄簿的毛毯裡面。我變得很羞赧，當我的手指偶而觸及她的肌膚時，我感到一種難以自制的顫慄；流遍我的脈絡的，是火燄似的血液……

她握著我那在顫抖的手，溫和地問：「你害怕嗎？」

「唔，因為妳是女人。」

「你很有趣呢！」她笑笑，將我的手背貼在她那熾熱的臉頰上。

於是，我吻她的手。

之後，她告訴我她的身世。她說她是鎮遠一位富商的女兒，她說她並不姓劉，而是柳樹的柳；柳家在鎮遠是一個大族，而且很有聲望。

——妓女總是這樣說的，我想。

她說她的父母很寵愛她，當十萬知識青年從軍運動發起的時候，她不顧父母的反對，和其他幾位女同學考入了女青年軍，開到貴陽集中受訓。當時軍隊的生活很苦，因為抱著到印度（中國駐印軍那時在印度，準備反攻緬甸）去的希望，也就不覺得怎麼樣；後來聽說印度去不成，而且吃不了苦便離開部隊，在貴陽住了下來。為了自尊心，不好意思回家；這樣過了幾個月，手頭的錢花完了，越拖也就越不敢回去了。今年春天，忽然又得病，於是，旅社的老闆娘藉著這個機會下手，給她治病，添製衣服，就這樣糊裡糊塗地接起客人來。

她哽咽起來，沒有接著說下去。

我想她這些話未必全是真的。可是從她的儀態和談吐上，我又覺得她的確很有點教養。於是，我又吻她的手，安慰她。

第二天早上，我要她隨我回到車隊的宿營站去，我取了一疊紙幣給她，她輕蔑地笑著說。「我早說過我要的不是錢。」

「老闆娘不是要分一半嗎？」

「管她的，反正我和她的賬一輩子也算不完。」她將我的手推開，冷漠地回答。

「那麼妳甘心一輩子幹下去？」

「這又有什麼辦法，那是命運！從第一天開始，」她含著苦笑。「——我就看開了。」

「妳自甘墮落！」

她忽然大聲笑起來，一面用手帕拭著眼角，一面說：

「風涼話！」凝視了我一下，她嚴肅地問我：「那麼，你肯帶我走嗎？」

「當然，」顧彝這時忽然從車子後面走出來，裝個鬼臉，說：「這樣漂亮的姑娘，他捨得不帶她走嗎。」

「這是你的意思？」一縷幸福的意趣飄落在她的嘴邊。

「對呀，」我打趣地回答：「我當然肯帶妳走。」

她開始緘默了。

那天，同事和士兵們在我的面前，誇耀她的美麗，使我感到很愉快。我和她一起去逛貴陽城，給她買了許多東西，後來在一家百貨店裡要想將餘下的錢給她買一件她所喜愛的外套，她急急地阻止了，溫婉地說：「你應該節省一些。」

現在，我知道她記著我帶她走的那句話。其實，我說了也就忘了。

傍晚的時候，我們又返回宿營站。吃了夜飯，我才送她回旅社去。

在路上，她問我：

「明天清早五點鐘出發，是嗎？」

「妳怎麼知道？」

「我向顧技術員打聽來的。」她天真地笑笑。忽然又問：「今天晚上怎麼樣？」「哦，我不能住在妳那兒……」

「那好，你得早點休息。」她很溫存地接著說。

將近旅社時，她不要我再送過去。她說：我們太親密，讓旅社裡的人見了不太好。當時我也不去想她這句話的意思，便將手上的紙包零物交給她，獨自同去了。……

第二天車隊出發的時候，天還沒有透亮，霧很濃。開著車燈，只顯得一片渾茫，依然辨別不出路面。出城時，車與車的距離漸漸縮近，緩緩地依次向前蠕動。

我的車子按例走在分隊的後面，所以當前面的車輛一次次在城門停頓時，我忍不住詛咒起來，同時，我用喇叭向前面警告著。

但，仍不能阻止他們在城門停頓。

現在，我的車子漸漸駛近通往公路的城門了，我穩約地看見城門門拱旁有一個黑影近了，我看見那個人影在揮動著手。

再駛近時，我才知道是她。

「啊……」我失聲低喊起來。

她穿著很單薄的衣服，頭上圍著一條方圍巾。顯然她站在那兒已經等待好些時候了。

我將車子停下來。

「啊！范野！」她狂熱地抱著我的頭，激動地說：「我真怕最後的一輛車子不是你！」

怎麼？妳真的要跟我走？這句話幾乎滑出了嘴邊，又忍住了。

替她將放在地上的那個小皮箱放進後座，讓她在我的身邊坐下來後，我感到異常混亂。我問自己：從現在起，她便是你的妻子了，你愛她嗎？你願意和她相伴終生嗎？

這是不可能的！我向自己說：我還年輕，我還有偉大的前途和抱負，我怎麼能夠讓一個女人拖累自己呢？而且，她是個妓女。

想到她是個妓女，我幾乎是用一種厭惡的眼色回過頭去望她。她坐在我的身邊，已經披起我的軍用外套，用手捉著翻開的衣領，向我微笑著。從她的神情中，我能窺見一種重獲自由的激動，看看外面流過去的林木田野，她伸出手去迎著風，喃喃地自語著：「啊，我終於逃開了！逃開了……」

一種力量使我屏住呼吸。

「可憐的人……」我低聲說。

整個上午，她沉浸在歡樂的情緒中。然而，我很少說話，因為我的心中仍懸著一個矛盾而不可解的問題。

我應該向她說明。

於是在鑪山休息的時候，我拉著她的手說：「妳不能跟我走。」

「怎麼？」她惶惑地將手收回：「你說過你要帶我走的？」

「是的，我只不過是說說，而妳竟認真了。」

她痛苦地用手蒙著臉，但沒有哭。

「妳想想，」我解釋著：「我們都還年輕，結婚太早會影響……而且我是個軍人。」

「你不相信我能夠跟你一起吃苦？」

「問題不在於吃苦不吃苦上面。我很愛妳，不過我只想幫助你離開這個陷坑，這跟在一起生活是兩件事。現在，經過鎮遠的時候，我可以送你回家。」我說：「妳不是一直想回家嗎？假如有緣，我們還會在一起的，不是嗎？」

思索了半晌，她抬起頭。「可是，我不能回去。」

「什麼理由使妳不能回去呢？」

「我這樣……」

「妳放心，只要妳依著我的話去做，我能夠使妳很體面的回到家裡。」我要說服她：「妳想，家裡並不知道妳在貴陽的情形，不好意思只不過是妳自卑的關係；他們不是像所有的父母一樣，在惦望著自己的兒女早日回來嗎？」

「……」

「你應該信任我，因為我愛妳，我才這樣做；不然的話，我可以帶妳走，玩弄妳，讓妳吃苦。厭了，再把妳摔掉。」

她終於被我說服了。

後來，我將自己的計劃告訴她，教她回到家裡應該說些什麼話：說怎樣被調到昆明某某部隊當政工，勝利後又怎樣認識我，怎樣在昆明訂婚，結果怎樣一起復員回來，準備在家裡結婚。以下的她可以不管，由我來說。末後怕她認真，我補充著說。「不過，妳要記著，這些都是假的，認不得真。」……

這天夜裡，我們的車隊就停在鎮遠，事情和所預期的一般順利。我和她都換上整齊的衣服，我還難得地扣上領章，然後將吉普車開到她的家去。

我一面駕駛著車子，一面默默地祈禱：

「希望她在貴陽所說的是真話。」

果然，關於她的家，她的父母，和一位已出嫁而還住在娘家的姐姐；房屋的地勢，室內的陳設，完全和她所說的一樣。而且我教她說的話很成功，他們很熱烈地款待我。

而我，也很得體地應付著。我捏造許多謊話去安慰他們。我說我到芷江後，便立刻辭職回來，關於婚禮。我盼望不要太鋪張。

那位富有的米商和他的老妻滿意了，說了許多期望於我的話。

這個時候，我發現她和她的姊姊在離我較遠的地方，用一種深情的眼光凝望著我。

不幸終於來了。次日清晨，當我告辭而他們堅持著送我到門前時。車隊已經很整齊的排列在路邊候命出發了。我親熱地拉著她的手向她的父母親表示，說她離家很久，應該留在家裡好好的陪伴他們老人家，我很快就會回來。

她忽然捏緊我的手似乎很堅決地說，聲音裡含有哀求的成份：

「我也去，范野，帶我到芷江去。」

「怎麼？」我吃驚地問。同時以眼色向她驚告。

她注視著我，眼睛裡流露著一種深切的渴望，她突然將頭僕倚在我的胸前，顫著絕望的聲音：

「我也要到芷江去。」

我開始感到惶惑了，我還能說些什麼呢？我不能在她父母親面將事情的原委說明。而那個時候，這兩位老人已經含著寬慰而激動的笑意代我允許她的請求了。

就這樣，她隨我到了芷江。

我記得那天車子開行之後，她立刻歉仄地對我說：「原諒我，我發覺自己不能離開你……」

我並不去看她，也不響。

「讓我跟著你吧，就是你將來會丟掉我，我也情願！」

她將頭埋在手掌裡，悲切地飲泣起來。

在芷江，車隊有一段很長的時間在待命，因此我給她在城裡租了一間房子，我則住在隊上。白天我們還是在一起，她所需要的，我盡量供給她，處處避免發生使她難堪的事情。物質上說，我負了一位好丈夫所應負的責任。可是，我很少和她談話。我以為，當她逐漸感到絕望的時候，她一定會離開我。然而，日子一天天的流過去，她永遠是那麼勤謹而愉快，她對於我的分居竟處之淡然。於是，我開始動搖了。

我要求她回鎮遠去，她拒絕了。她說：「就是死，我也不會離開你。」

車隊出發的消息傳來了。雖然還沒有決定，可是我相信在這半個月中，無論如何也會走的。

我想：芷江離鎮遠還近，假如到了南京，事情就不堪設想了。

接著，我開始改變我的態度，我整天假裝忙著辦理辭職的事，同時要她親自寫信到鎮遠去，預告我們最近便可回去的消息。

中秋節的早上，我在一個往西的車隊中突然遇見一位姓潘的朋友，他說他們的車隊往貴陽去，今天在芷江休息。聽了我的話，他說假如一定要將她送走的話，那麼，明天早上六點鐘到美國供應站去，他們的車子就停在那兒的大車場上。

這天，我故意裝得特別憂鬱。晚飯隊上是牙祭，我和顧彝他們喝了許多酒。自從她到芷江以後，顧彝和史隊附曾經勸過我，後來，他們很少干預我們的事情。飯後，我提議請他們到她的住處賞月，他們彷彿感到十分驚異。

「怎麼，今天才想到家嗎？」顧彝調侃地說。

她坐在一旁，始終留意著我的話。這時，她在我耳畔低聲說：「賞月？我們得準備些吃的東西。」我伸手去按著她的手。「我早就拿回家去了。」「真的？」

「誰騙妳。」

我第一次發現她的臉上泛起一種溫柔的、母性的、令人感動的表情。

在她的住處。顧彝他們吃了一些月餅，笑讓幾句之後，便借故提早走開了。我仍坐在座位上，她靠著我。喟嘆一下，我站起來，默默地在房間裡來回踱步……

她不做聲，像一頭溫訓的貓似的用溫柔的目光包裹著我。

最後她沉靜地說「今晚你不回隊上去？」

我在窗前停下來，點點頭。

她走近我，用手去扣起我那件外套上的紐扣，說：

「你像是有些心事……」

我低下頭，用手指去輕輕敲擊著窗椽。她又說：

「能不能告訴我？」

我回頭去看看她。

突然，她撲倒在我的肩頭上，我重又經驗到在貴陽那個晚上所感到的那種激動；我被一種內在的，強烈的力量的撞擊所暈眩了，我狂暴地擁抱著她，貪婪地將炎熱的嘴唇烙在她的頸項上。

第二天，她竟相信我的話，被我送走了。帶著我全部行李和一個永遠不能實現的許諾。而且，她確信這是因為辭職不准，為了安全起見，讓她先走，我會跟著「開小差」回來。

她走後，我一面等候著出發的命令，一面不斷地寫信去安慰她。幾乎是千篇一律的，我說在等候一個比較安全的逃亡機會。

她也不斷地寫信給我，不厭其煩地述說關於家中的瑣事，和思念我的話。

當時我想，在出發的時候我可以寫一封懇切的信去勸她改變自己的主意，向她分析我們婚後不能獲得幸福的理由，末後再安慰和勉勵她。再說，我人也走了，她一定會回心轉意的。但後來我又覺得，她的個性很強，很難擔保她不追來，這豈不是更糟。剛巧那天十里舖翻了一輛車，死傷了好些人；於是，我藉著這個機會寫了一封信，說是準於某日乘什麼車子走。日期提前一天，郵戳是假的，夾在一堆信件中發出去；跟著，我又用史隊附的名義給她拍一封失事的電報。就這樣，悲劇便發生了。

但：她雖然是死了，可並不是了結；這悲劇還得由我延續下去。

九

返回貴陽，我花了三個鐘頭時間向黎堯述說。

他皺皺眉，失望地說：「那麼我們就不能發表了？」

「還用說，明天我還得趕到芷江去，處理合葬的事。」

「……」他疲乏地站起來：「這倒是一篇很動人的小說。」

我想：假如這是一篇小說，那麼它的結尾應該是這樣：合葬的儀式，不用說，一定哀默而隆重。在人群中，我發現一個瘦削的青年人，他那反起的大衣衣領和低低的帽簷，謹慎地將他整個蒼白的臉孔埋藏在黯淡而憂鬱的陰影裡；淚，從那雙失神的眸子裡悄悄地沿著睫邊滑落下來。突然，他回轉身，孤獨地在人群中走開了。

他永遠孤獨地在人群中走開了……

民國三十九年十月八日於臺北

短篇小說

（一九五一——一九五三）

情奔

一

這天黃昏——一個美麗的春天的黃昏，當那輛破舊的長途客車在這小城的車站上停下之後，他緩緩地拿起他的小旅行箱，慢步地走下來，落在所有的乘客的後面。

他是一個三十歲左右的年輕人；瘦削，臉色蒼白，頭髮有點散，那雙陷入沉思的眼睛裡孕滿了憂愁；但，從他的意態上看，他是十分矜持的。就如同他這身整齊而考究的衣著之對於這座淳樸的小城一樣。

他剛剛從一場難堪的、愛情的戰役中敗退下來，他已被感情的烈焰灼傷，為了療治這個痛苦的創傷，他悄悄地離開那個令他厭煩的城市，來到這寂寞的小城。

這座小城和好些偏僻而古舊的小城一樣，有一圈矮而已經開始傾圮的城牆，城外有山有水；每三天，便有一班客車從省城開來。

現在，他在那簡陋的小月台上站了一會，便沿著田野旁邊的一條小青石板路，走進小城裡去。五年前，也曾經到這兒來作過客——參加他這位即將見面的朋友的婚禮，而且，曾經被這位新婚的友人挽留他在這兒住過一些時候。他記得，非常清晰地記得，那也是一個春天……

但，他突然覺得，他的心裡再不會有春天了，如同他這位可憐的朋友一樣；因為他那美麗而賢淑的妻子已經在婚後的第二年離他而去了。

「可憐的朋友，」他一邊走，一邊喃喃起來：「時間不斷地在增加他的悲傷呢！從那個不幸的日子開始，我再也讀不到他的詩了……」

走了幾步，他用憐惜的聲音說：

「他將永遠不能離開這座小城了！他一定會這樣的，他不相信他的妻子已經死去……」他繼續走著，他還能夠從記憶中辨認出這些街巷和這些古舊的建築。他記得，那個時候，他幾乎每天清晨和黃昏都要到城牆上散步，那是一個很可愛的地方，他能夠在那個地方看見被晨霧迷濛的，或是暮色蒼茫的田野和山巒，還有那條夢般的小河。而且，在散步的時候，他記得每次都帶著那個老是喜歡發問的小女孩——朋友的妹妹。

「他是一個很美麗的女孩呢，」他微笑起來，從大衣的衣袋裡，他掏出一隻穿著花布衣裙的洋囡囡。「她會將它打扮起來的，像朱麗葉一樣。唔，她的那隻朱麗葉要比這隻小，不知道她要替它起個什麼名字了……」

忽然，他在一條巷口將腳步停下來，猶豫了一陣，他向巷角的那家小店鋪走過去。

「給我一包大前門。」他向那個老婦人說。

當她回身伸手到架子的最上層去替他取下他要買的那種香煙時，他下意識地望望身邊那排裝著五色棒子糖之類糖食的小玻璃罐，用手比劃著櫃臺的高度，他很想問問那個老婦人；她——那個小女孩子是不是還時常到這兒來買那種帶有點辣味的薑汁糖。不過，他並沒有去問，付了賬，他便走開了。

「人的嗜好和習慣是隨著年齡變的，難道我現在還會偷吃那種黏牙齒的麥芽糖嗎！」

他又微笑起來。

現在，他已經站在一條小巷的一幢木樓房的門前了。他忽然想起來，剛才他應該沿著城牆走過來的，因為那是一條捷徑，而且，很可能在那兒碰見她——她不是也喜歡在黃昏時到城牆上散步的嗎？

但，他只是這樣想，並沒有再到城牆上去。

而門卻被一個梳著兩條辮子的少女輕輕地打開了。

「哦……」他吃驚地退後一步。他發覺她正笑著，望著自己。於是他尷尬地點點頭，輕聲問：

「我沒走錯人家吧？」

「……」少女放下她那玩弄著辮子的左手。「不過，你只對了一半。」「一半？」他重複著她的話，不解地凝望著她。

少女羞怯地低下頭，說：

「進來吧，大哥還以為你下一班車才來呢。」

「啊，那麼妳就是……」

「錯的那一半！」

直至那少女在前面回過頭，他才想起自己應該跟著她走進屋裡去。

二

當少女將這位城裡來的客人引領進樓上的客室裡，將他交給自己的大哥之後，她帶著一種奇異的激動，隨即低著頭，匆匆地跑進自己的房裡去。她不明白自己為什麼會有這種舉動。這天的早上，她還在想，當她和這位闊別五年的他見面時，他會不會像以前一樣，用手指去逗她那有點俏皮的小鼻子……

於是她呆呆地望著鏡子裡的自己，直至聽見她的哥哥和客人開始談話，她才急急地跑到門邊去……

客人望著少女離開客室，主人望著客人再回轉頭，然後含著一個詭譎的微笑說：「你以為她還是你記憶中的那個骯髒的小女孩嗎？」

客人連忙伸手到大衣袋裡抓緊那隻準備送給她的小洋囡囡，害怕它會自己跑出來。

「啊，嗯……」他含糊地應著：「她已經長大了。」

「五年啦！」主人感概地拍拍他的肩膀，凝視著他的眼睛。「五年不是一個短的時間！她，已經是一個少女；而你呢——你現在是一個擁有最多讀者的小說家了！」

「……」

「她就是你的最忠實的讀者，」主人補充道：「當然，我也是。」

「原諒我，我幾乎要將你們忘了。」他愧疚地低下頭。

「這只能怪我，怪我疏遠了所有的朋友……」主人重新從沉思中振作起來，連忙將話題岔開。「省城的書局將你出版的每一本書都寄來給我，而且，這次在你來信之前，我已經知道你在情感上所發生的事情了。」

「哦，是的，那是一件痛心的事情……」他一邊應著一邊順手去打開他的小旅行箱。

「這兒能夠療治你的痛苦的，我常常這樣想，如果我離開了這個地方，我真不知自己應該怎麼樣生活。」

主人安靜地注視著他，繼續說：「而且，我需要你的幫助。」

「幫助？」

「我那首寫了四年的長詩，我請你替我逐字校正——現在我已經失去自信了，因為……」主人的聲調瘖啞下來：「我是為她而寫的。」

他知道用言語不能勸慰這位憂傷的朋友，於是他連忙從箱子裡將幾只扁小和圓的罐子拿出來。

「這是送給你的板煙絲。」

「啊……」主人會意地苦笑道：「我已經很久沒有抽過這麼好的煙絲了。」

「還有，這幾罐咖啡，」他說：「是送給我們的。你還記得嗎？那年我們什麼都有了，就是缺少一罐咖啡。」

「可是，今年除了你帶來的這幾罐咖啡，我已經一無所有了。」

「……」

「哦，我不該說這些話。」主人醒覺地自語著，然後向這位客人使了一個眼色，笑著問：「——她的呢？」

她的？他隨即又伸手到大衣袋裡抓緊那隻洋囡囡。

「我，我得——出去一次！」他吶吶地說。

「是忘了放在車上嗎？」

「不！哦……是，是的」

「可是馬上就要吃晚飯啦。」主人又笑起來了。

「我就回來，我很快就回來。」他急急地說，急急地返身走出客室，奔下樓去。

三

走出這條小巷的巷口，他逐漸將腳步緩下來。

「該死！」他對自己詛咒道：「你怎麼會沒想到這一點呢？她已經長大啦——十八歲啦！而你……」

他忿忿地將那隻小洋囡囡從大衣袋裡掏出來。

「這是她五年前的玩意兒！」他用手指整理整理它那被壓皺的花布衣裙。「我不是說過，人的嗜好和習慣是隨著年齡變的嗎！該死的東西！」

將它重新放進大衣袋裡，他才發覺天已經黑下來了。那些昏暗的煤油燈，在兩旁的小店鋪裡閃爍著。驀然，他不明白自己是為什麼走出來的。在街邊停立了一會，他又開始走起來。他開始思索……

他記起她那春天般明媚的眼睛，俏皮的小鼻子；他記起黃昏的城堞，她的小茱麗葉和羅密歐、黑騎士、灰姑娘和白雪公主……

最後，他記起那塊絲質的花圍巾。

「是的，」他興奮地說：「她是很喜歡它的。哦，我不是曾經答應過，從省城給他寄一條更好的嗎？該死的東西！你全忘啦！但願他們沒將它賣掉！」

他匆遽地向大街上走去。

在一家在這小城算是最大的百貨店裡，他迫不及待地向那位肥胖的店主人說：「我要買那條花圍巾。」

「什麼花圍巾？先生。」

「就是以前掛在這兒的，」他指著旁邊的貨櫥櫃，用手比劃著。「——方的，這樣大小，上面有許多，嗯……紅花黃花，呃。邊上是藍的絲圍巾。」

「我們沒有這種圍巾呀！」店主奇怪地說。

「有的有的，你大概是忘了。我敢說，我的記性要比你好——絕對錯不了。」

「那麼，先生，」找到了一點頭緒，店主問：「這是多久以前的事呀？我這家店是家祖父傳下來的……」

「五年，」他伸出他的手指。「也是這個時候。」

「啊……」店主恍然大悟地笑起來。

「怎麼，賣掉了？」

「您要買它？」店主有點不大相信似的又問：「您真的要買它？」

他神情不安地點點頭。

「不過……」

「你說吧，它還沒賣掉嗎？」

「不過，」店主為難地說：「它是過了時的陳貨。」

「不要緊，你去把它拿來吧。」他快活地笑道：「我會喜歡它的，不管它是什麼價錢。」

但，這位肥胖的店主只向他要了一個很老實的價錢，便替他將那塊絲頭巾包好，讓他帶回去。

在晚餐的桌上，他有點羞怯地將它拿出來給她。

「到妳的房裡去拆開它吧，」他說：「這是我從省城給妳帶來的一點小禮物。」

少女悄悄的走掉了，直至她將煮好的濃咖啡送進客室裡來，他還看得見她臉頰上那兩朵尚未消散的紅暈。

這天晚上，主人將整個身體深埋在室前的一張舊沙發裡，凝視著沉黑的夜空，輕輕地抽著他的板煙斗。他坐在主人的後面，用一種輕緩的聲音，朗誦著那本憂傷的詩稿；少女坐在離客人不遠的地方，靜靜地在織著毛線；當那誦讀的聲音偶爾為詩句的哀愁而停止，她便抬起眼睛，情意深摯地注視著他……。

四

第二天的早上，當他洗漱完畢正要到城牆上去散步時，他忽然發覺她已經站在門口，像五年前一樣。

他很想——像五年前一樣，走過去用手逗逗她的小鼻子，然後拉著她的手，向巷子的另一頭走去。可是，他只是有點不自然地站著，淡淡地向她招呼早安。

「嗯，呃……」他說：「準備去散步嗎？」

少女習慣地拉著辮子，點點頭。

「嗯，呃……」望了望她，他一時不知所措起來。

「嗯，呃……」她學著他的腔調，笑著說：「那麼我們走吧！」

「哦，是的，我們走吧！」他應著。

於是他們開始默默地走起來。

上了城牆，有些風。少女謹慎地將手上的花圍巾抖開，圍在脖子上。發覺他在注意自己，連忙說：

「謝謝你，我真喜歡它。」

「像以前一樣喜歡它嗎？」

「……」

「啊，」他接著揚開頭。「這兒還是和以前一樣。」

「你也像以前一樣喜歡它嗎？」少女含蓄地問。

「當然，我更喜歡它了。」

「但，所有的都變了，」她輕喟著說：「嫂嫂去世了，大哥消沉下來了。」

「……」

之後，他們默默地繞著城牆走，始終沒再說話。

晚上，就和昨天晚上一樣，他們三個人用回憶、讀詩和織毛線，消磨在客室裡，呷著香濃的咖啡。

第二天他們依然默默地在城牆上散步……

第三天的黃昏。在城牆上，他實在忍受不住這種沉默了，他停下腳步，望著她的眼睛，焦燥地說：

「妳怎麼不說話呢？」

少女對於他的舉動和語氣，並不感到驚訝，她平靜地回答：

「你要我和以前一樣，向你問些傻問題嗎？」她微笑起來。「那個時候已經過去了，變了！」

「變的變了，但不變的是永遠不會變的。」

「你以為會有不變的嗎？」

「我想是這樣。」

「這是你們文學家的想法。」她沉肅地說。

「是的，這是我個人的想法。」說著，他望著她的臉，像是在猶豫或是在決定些什麼。沉吟片刻，他自嘲地低聲唸道：「我要告訴妳一件可笑的事情。」

「可笑的事情？」

他笑笑，伸手到大衣袋裡將那隻小洋囡囡拿出來，遞給她。然後說：

「這是我從省城給妳帶來的。」

「哦！」她接住它，低喊起來。

「我以為妳還是和以前一樣……」他解釋道。

「我不知道你會帶了它來，」她搶著說：「我只知道這條花圍巾不是從省城帶來的！」

「誰告訴妳？」

「那張包圍巾的紙。」她老實地回答。然後狂熱地將那隻小洋囡囡貼在自己的胸口上，側著頭，吻著它的假髮。「它真是太美了，我要替它換一件袒胸的淡紫色的晚禮服，你最近出版的那本……」

抬起頭，他們的眼睛相遇了。但，她隨即住了聲，又將頭垂下來。

「妳現在還玩這些洋囡囡？」他不解地問。

想了想，她突然扭轉身。

「我們回去吧，」她以一種激動的語調說：「我要讓你看一些可笑的東西！」於是她急急地向前走去……

五

「進來吧！」

少女站在她自己的房裡，向站在門外的客人說：

「進來吧，你為什麼不肯進來呢？」她拉著辮子，溫柔地問。「以前你不是時常在裡面唸小說給我聽的嗎？來，我要讓你看一些可笑的東西。」

客人踟躕了一陣，終於走進她的房裡去。

讓他站定之後，她向旁走開一步，朝著他說：「你看，它們都是你的老朋友！」

他止不住吁了口氣，他看見房裡每一個空隙的地方，都放滿了大大小小的小玩偶。在床邊的小臺子上，他還看見羅密歐和茱麗葉，因為他們比較大，而且，從服飾上看，它們已經很陳舊。

他急忙走過去，將一隻小的從檯燈的旁邊拿起來。

「這不是你以前的黑騎士嗎？」他半肯定地說。

「不！它是現在的你！」少女倚著房門，欣喜地微笑著說：「——它們都是你創造的。你看，」她一邊用手拿起壁架上的小玩偶，一邊解釋道：「它是你那本《荒原之春》裡的令蘭，它是白之奇；喏，這一堆是《離亂曲》裡的全部人物，你寫的姚文珊自殺死了，但我的姚文珊卻依舊活著，而且它還跟董珮重逢了，從此，它們永遠不再分離——關於這一點，大哥說我沒有你那麼殘忍。」

看了那位聽得入神的客人一眼，少女續說：

「窗格上站著的是《鮑家村》裡的英雄——莫大貴，旁邊是小鳳姑；這邊，是你的成名作《霧夜》裡的可憐蟲；你看，那個妓女小春紅穿的衣服，我將它打扮成和你在書裡所寫的一模一樣！現在……」她將剛才他在城牆上給她的那隻小洋囡囡拿起來，認真地說：「我要將它換上一件袒胸的晚禮服，淡紫色的，頭髮上插一朵白色的玫瑰，你猜猜看，它是誰？」

「……」他不響，但臉上隨即陰暗下來。

「告訴你吧，」她忍不住笑了，她輕輕地說：「它是你最近出版的那本《無色的愛情》裡的那位千金小姐，蕭若楓……」

「好了，夠了！」客人突然大聲喊道。「別再說了！」

「……」她奇怪地低聲問：「為什麼呢？」

他驟然軟疲下來。

「對不起，我要回我的房裡去一下。」他愧疚地說。然後低著頭急急地走了。

少女困惑地望著他的背影。

回到房裡，像是害怕那個醜惡的思想會追著進來，他用力將門扣起來。

好一會，他才理清了思緒。但彷彿有一個隱秘還無法解釋，而又彷彿自己故意如此，漠然於情感的變化似的。他被這個奇異的意念佔據著——他不敢冷靜地細想，正如他不能裝作不知樣；對於自己他開始發生懷疑了。

「我應該怎麼做呢？」他問自己。

可是，他又覺得自己已經有所決定了。

六

以後，早晨和黃昏，他仍然和她到城牆上作短時間的散步。但他們很少說話，像是在他們兩人之間已經發生了些什麼不幸的事情似的。

至於晚上，讀詩已經成為客室裡一個不變的節目了。他常常為了其中的一段或一句有點不妥，便和他的朋友討論好些時候，直至滿意為止。起先的兩天，少女提早離開客室；可是再過兩天，她不再到客室來了。當每天晚上，她將那壺煮好的咖啡安放在他們的面前之後，像是害怕耽誤了什麼重要的事情似的，便急急地走了。

這天晚上，當她和往日一樣急急地離開客室時，他忍不住向這位沉靜的主人發問：

「這兩天，她像是很忙？」

「是的，她很忙。」主人淡漠地回答。

「她在忙些什麼呢？」

「妳想吧，」主人噴了一個煙圈，說：「女孩子長大了，會忙些什麼呢？」

他緘默了。

瞟了他一眼，他的朋友自言自語起來。

「她已經是一個少女了。我知道，她不想離開我，是因為她怕我太寂寞。其實寂寞對於我，已經是一種不足道的事情了，我忍受得了的。而她呢，她應該快活，她應該早日離開我……」頓了頓，他注視著他的客人說：「——她最近認識了一位男朋友……」

「是怎麼樣的一個人？」客人低促地接著問。

「我不清楚。不過她告訴我！她很喜歡那個人。」

「哦……」他隨即又緘默下來。

但，他無法從心裡推開這件在擾亂著他的事情，有好幾次，他要想在散步的時候向她探問一些究竟，然而他又不能啟口。因為在這些日子裡，她被一種難以形容的幸福包圍著，她輕輕地哼著小歌、在笑，終日沉浸在這種歡樂的酩酊裡。

於是，他只能偷偷的在她的身後嘆息。

但，有一天，嘆息卻在少女那緊閉的嘴中發出來了。

「她為什麼要嘆息呢？」他在讀詩的時候，多慮地向他的朋友發問：「妳不該問問她嗎？」

「是的，我要問她的。」

第二天晚上，他的朋友將這事情告訴他了，他說：

「這是愛情的煩惱。」

「因為什麼而煩惱呢，他們的感情不好？」

「不！很好。」

「感情好，而要煩惱，那不是很可笑！」

「並不可笑。」主人平淡地說：「——只是那個人始終沒有向她表示而已。」

「那麼，他是否愛她，不是很可疑嗎？」

「但，她卻堅信他是十分愛她的。」

他不再問下去。

而他的朋友卻沉吟起來了。他放下板煙斗，輕聲說：

「我想到一個幫助她的辦法。」

「辦法？」

「這個辦法可以測驗他是否愛她，」主人解釋道：「很簡單，只要引起他的妒嫉。」

「妳的意思是……」

「這還不容易！」主人霎霎眼睛，有意味地笑起來。他異常認真地向他說：

「妳寫一些情書給她吧，我可以叫她拿這些情書去讓那個渾蛋的小子看。到了那個時候，還怕他不肯表示嗎？」

七

這是一個很好的主意，他照著他朋友的意思做了。他給她寫了好幾封美麗而纏綿的情書，而且，那些感情都是十分真摯的，他幾乎認為她已經是自己的愛人了，雖然他知道這些都是假的。

當那些信被她在這晚上帶到她愛人那兒去時，他驀然感到懊悔起來。可是，他又不明白，自己在懊悔些什麼。

這天晚上，他故意將讀詩的時間延長了一個鐘頭，等待她帶著那個可詛咒的消息回來。

而少女終於在他的焦慮中回來了。她低著頭，回到她自己的房間裡去。為了要急於知道這事情的究竟，他失眠了一整夜，他為這事情找出好些答案，然後推測哪一個答案比較接近。

但每一個答案都使他痛苦。第二天，她破例沒和他一起去散步。回來的時候，他的朋友興奮地拉著他，要告訴他一個好消息。

「那小子看了你的信，他暴跳如雷。」他揚著他的手說：「你的信寫得太成功了，據說他連信還沒看完，便急著向她表白他的愛意呢。」

「嗯。」他悒悒地應著。

「不過——」主人用力敲下煙斗裡的煙灰。「他的家裡竭力反動他們的親事……」

「那他要想怎麼辦呢？」他忿懣地叫起來：「事情總要解決的呀！」

「可不是，他應該有個主意。」

「難道他不敢脫離家庭嗎？」

「哦，你的意思是私奔？」

「為了雙方的幸福，有什麼不可以。」

「但這種話，女孩子是不便開口的，應該由那混蛋的小子主動。」偷窺了這位客人一眼，主人提議道：

「現在除了你沒有人能幫助她了。」

「我？」客人困惑地反問。「你可以寫一封最熱情的信向她求婚，而且你在信上註明，你在徵求我的同意。——這就是要他拿出勇氣來帶她私奔的一個暗示。」

當然，這也是一個好主意，他也照著做了。

這天晚上少女沒離開過自己的房間一步，說是有點不舒服。他的朋友向他解釋，說這是她心裡的病。咖啡是他親自下廚煮的，喝了兩口，讀了幾頁詩，主人並不反對他早一些回房裡去為她寫求婚信。

夜深了，他才將信寫好。重複地唸了好幾遍，他突然被自己的字句感動了，他認為自己才是一個真正求婚的人。

他躺在床上。但反來覆去仍睡不著，於是他又爬起來，去敲少女的房門。

顯然的，她也沒睡著，門很快的開了。看見他站在門口，她羞澀地低下頭，笑著低聲問：

「你有什麼事嗎？」

「哦，沒什麼，只是……」他忽然想起。「今天妳病了，早上……」

「很抱歉，我沒陪你去散步，因為你的信……」

「啊，別老是放在心上，我只不過是……」

少女靜靜地抬起頭，激情地接著說：

「我真不知要向你說什麼話才好。」

「別說這些話。只要妳感到快樂，我……」

「——你手上拿的是什麼？」少女親切地問。

「哦，我幾乎要忘了這是給妳的，你大哥讓我給妳的。」於是他將那封求婚信遞給她，然後急急地返回自己的房裡。

「好啦！現在一切都算完啦！」他絕望地向自己說。

八

第二天，和昨天一樣，她沒和他一起去散步。回來的時候，他的朋友和她在商議些什麼，看見他回來，她便低著頭，紅著臉走了。

「她找他去了。」他的朋友說。

「現在嗎？」

「嗯，她是迫不及待的呢！」

「我得告訴你一件事情。」他摸摸下巴，為難地說：「我決定離開這裡了，我想起在省城還有些事情等著我去辦——我知道你一定會責怪我。」

「我怎麼會責怪你呢，任何人都有追求快樂的權利，我知道你在這兒並不快樂，你像是在躲避著些什麼。不過，我要告訴你，春天是很短的——你已經決定了嗎？」

「昨兒晚上我已經決定了。」

中午。主人匆匆忙忙地走進他的房裡，快活地說：「今兒晚上，我得替你們餞行了。」「什麼——你們？」

主人咬著他的煙斗，笑起來。

「對方已經決定私奔了！也是決定明天走呢。」

到主人離開房間，他頹然在靠椅上坐下來，他說不出心裡是一種什麼滋味。

晚飯時，主人備了幾個菜，一壺酒，為他們餞行。他和她對坐著，各人想著各人的心事。他盡力抑制著自己，若無其事地裝著笑。但她卻極其不安，簡直連抬起眼睛望他一眼的勇氣也鼓不起來；不過，從神態上看，她是十分愉快的，她被將來的幸福緊緊地包圍住了。

乾了第三杯酒，主人開始用一種激動的聲音說話。

「你們要走了，但我要向你們說，我將不會再感到寂寞。」笑了笑，他深深地望著他的妹妹說：「我慶幸妳已經選擇了那能使妳永遠幸福的人。而且，我知道妳能使和妳生活在一起的人感到快樂。而你，我的朋友，」他回過頭去望著這位憂愁的客人。「我感謝你的賜予，我將以接受你的友誼和認識你的名字為榮，來吧，舉起你們的杯子，我為你們祝福。」

他舉起杯子，索然無味地將酒喝乾。

九

這是第二天的早上，春天的早上是多霧的。

由於害怕被人發覺，他護送著她到城外的車站去。他的朋友替她提著行李，為他們送行。在車站上，客車上的乘客並不多，他選了後座一個靠窗的位置，而她卻獨自坐到前面的空位上。客車將要開行的時候，他的朋友隔著車窗慎重其事地向他囑咐著說：「我將她交給你了，你得好好的照應照應啊！」

「我知道，你放心好了！」

他咬著煙斗微笑起來。

客車開行了，他發覺一個穿著一套式樣難看而色澤庸俗的西服，梳著一個油頭的男人，從左面的位置挪近她的身邊；再過一會，他開始和她細聲攀談起來。

「就是這個人嗎？」他失聲喊道。於是他仔細地打量著那個傢伙：他發現他面目可憎，那件白襯衣的衣領已經成黑色了；他現在正想伸手圍到她的身後去……

他幾乎被那個傢伙激惱了，他責怪自己和他的朋友為什麼不預先見見他，他也許並不真心愛她，而是騙她。——總之，他認為她不該愛他，不該跟這樣的人私奔。但，現在一切都太遲了，他不能制止這件可怕的事情。

忽然間，他覺得自己是愛她的，而且已經深深的愛上她了。

「我為什麼不向她表示呢？」他悔恨地向自己抱怨著說：「假如我這樣做的話，我相信事情絕對不會令人這樣難堪的。」

現在，他看見那個傢伙伸手去撫摸她的肩膀了。於是他憎惡地緊閉著他的眼睛，逃開這個影像。直至他發覺有人在他的身邊坐下，他才抬起頭來。

「啊……」他深深的吁了一口氣。原來是她。他感到自己有和她說幾句話的衝動，但前面那個像伙已經回過頭，有點不快地用他那雙渾濁的眼睛瞪著他了。

可是過了好些時候，她仍然靜靜地坐在他的身邊。為了害怕發生什麼糾葛，他輕輕地在她的身邊說：

「他已經不快活了！」

「他？」她奇怪地望著他。

「前面的那個人。」他故意壓低聲音說。

「你說誰？」

「和妳私奔的那個人！」

「什麼，你說什麼私奔？」

「哦！」他連忙歉仄地改口：「妳要嫁給他的那個人；」

「……！」她天真地笑著說：「——告訴我，你有什麼不快活？是因為我坐到前面去嗎？」「我？」他困惑地喊道。

「——不是嗎？」

「妳說什麼，我給妳搞昏了！」

「我也給你說得糊塗起來啦！」

他們默默地互相注視著。半晌，他咽了一口唾沫，用一種像是自語的聲音問道：「妳是跟誰私……呃，是跟誰走的呢」

「你呀！」她正色地回答：「你給我的信上，不是……而且是大哥答應了的嗎！」

「我的信？」他分辯道：「那是你的大哥主意，讓妳拿去刺激刺激妳的愛人，使他向妳求婚的呀！」

「我的愛人？」

「妳另外沒有愛人？」

又是互相默視了片刻們同時找到了一點頭緒，同時恍然大悟地低喊起來。

「啊！我明白了！」他們同聲說。

在這個時候，客車已經在中途一個小站上停下來了。那位高瘦的站長緊緊張張地走上來。

「魯狄先生在車上嗎？」他向所有的客人問道。

他急忙站起來。「是我，」他說：「有什麼事？」

「喏，這是你的信——是你的朋友在昨天晚上託人帶來的。」

「謝謝你。」接過信，他急急地將它的封口撕開。裡面有一張紙條，上面只有幾個字：

小珊
魯狄：祝你們幸福

艾嘉

看過紙條，他們互相望望。他驀然站起來，伸手去拿下他和她的旅行箱。「怎麼，要下車？」她低聲問。

「讓我們騎馬回去吧，」他溫和地笑著說：「我捨不得這個寂寞的小城，我們還沒有在城牆上說過半句話呢！」

而且，還有這樣長長的一個春天。

民國四十年四月廿七日

紅鞋

距離開獎的時間還早，他靜坐在會場前的座位上，昏亂地玄想著；漸漸有點不耐於好運的遲遲到來了……自從那天晚上他做了一個怪夢，經衡陽路新生報外面走廊上的李鐵口解釋為「有點偏財」之後；接連好幾天，他總是怔忡不安的，眼皮跳個沒完。

「左眼跳財，難道……」一絲慘澹的笑意從他那乾枯而鬆馳的嘴角流露出來，他自然而然的——像以前一樣，順手抹了抹嘴上那已斑白的髫髭。但，他驟然又心灰意懶起來。

「現在不要去想它吧！」他謹慎地將腳步在博愛路的路口停下來，一邊向自己說：「所謂運來推不開，唔，那是一點兒也錯不了的！」

他驀然記起在好些年之前的那回事情——他曾經偶然的，意想不到的，發過一筆小財；他記得，那時他那已去的妻子還很年輕，而他的獨子……

交通指揮亭放了綠燈，他雜在人堆裡越過馬路，當他有點迷惘地走過國貨公司的門前時，街簷邊那個擺童鞋攤的女人故意搭訕地對他說：

「老先生，那雙鞋子你已經看過不少次啦！」

「嗯，是……是的。」他停下腳步，含糊地應著。

「才要你十四塊錢呀，你還怕我多要了嗎？」她很快的將一雙紅色的小皮鞋從架子上取下來，習慣的用袖口拭了拭，敲敲它們的底，說：「你聽聽鞋底的聲音？最上等最結實的皮子！假如不是在碎料裡面裁出來的，光買一個底也不夠呀：臺灣木屐，也要三兩塊錢一雙吧！」

說實話，他也知道十四塊錢不算貴，只不過……

那女人看見他這種猶豫的神態，便索性將那雙小紅鞋掛回架子上。

「我再說一句話，」她急急地說：「要的話，十三塊五毛！不過我得跟你說，像這個樣式尺寸的，就剩下這一雙啦！」

顯然，他被這句話打動了。他忽然想：當他的小孫女兒——那唯一和他相依為命的小女孩，穿上這雙小紅鞋時，她那可愛的，但有點營養不良的小臉上會現出一種什麼樣的表情？她總該有笑了吧？他問自己。可是，他馬上又否定了這句毫無把握的話。

「她是從來不肯笑的呢！」他傷感地垂下頭。「這可憐的孩子！我見過好些沒爹媽的孩子——她為什麼不像他們那樣有說有笑？」

他瞬即抬起頭，打斷了自己認為孫女兒會短壽的思想。於是，他又下意識地望望竹架子上的。那雙小紅鞋。「明年，她就可以穿著這樣漂亮的皮鞋到國民學校去書了。」想著，他又心酸起來。「假如再倒回去幾年，在她爹和媽還沒去之前，這種蹩腳皮鞋，會看在眼裡嗎？」頓了頓，他幾乎帶著惱恨的聲音說：「——誰叫他們遲不肯逃，早不肯逃，等到……」

「老先生，你怎麼啦？」

「哦……」他回過神，望了那個女人一眼，吶吶地應道：「沒，沒什麼！我是說：那，那雙小鞋子……」

「我不是跟你說過了嗎？給你再便宜五毛錢！」

「好吧！」他堅決的說：「妳替我先收起來，我去去，就回來拿。」

沒等待對方回答，他轉身匆匆地（其實仍是很慢的，因為他已經很衰老了）向西門町那個方向走過去。走過幾家店鋪，他看看手上捏著的那幾張愛國獎券，又開始思索起來：他在計算，賣掉一張，可以賺五毛錢，那麼賣掉二十七張，便可以買那雙鞋子了。而今天，是五號；開獎的日子。以他的經驗，在這兩天賣掉一二十張獎券，並不是一件困難的事；以今天來說，三十五張只剩下五張了。按理，他已經有足夠的錢去買那雙小紅皮鞋子。不過，他記起上月底到期的那筆利錢——兩月前為了孫女兒的一場熱病向鄰居借的。

「再拖一個月吧！」他自言自語地說：「二三十塊錢，我想老楊不會在乎的。我先買了皮鞋，節省一點，月中開獎的時候，再一起還給他。」

打定了主意，心也放寬了。迎面一對年輕的夫婦牽著一個小女孩走過來，那女孩子的腳上穿著一雙紅皮鞋。他驀然覺得，那對夫婦就是他那已死去的兒子和媳婦，而那個小女孩，就是自己的小孫女兒了。

他幸福而熱望地笑了。然而當他們走近他的時候，他忽然感到畏怯和軟弱起來；他連忙讓開一邊，木然地望著他們走過去。

「我在胡思亂想些什麼啊！」他異常清醒的向自己呵責道：「下午就要開獎了，這幾張還沒脫手呢！」

於是，他又開始走起來。

現在，他已經走到新生報外面的走廊上了，他看見李鐵口用一塊布片在揩拭著那塊測字用的小玻璃板，前幾天說他最近有點偏財的那句話，又在他的耳朵邊響起來。

「誰說不會呢！運來，是推不開的。」

而這邊，李鐵口的破嗓子嚷開了：

「老先生，是不是我的話說對了？你看你這一臉好氣色！我李鐵口——」說著，他拉著一位行人的袖口。

「先生，來！奉送你一個手相……」

他趁著這個機會走開了。當他正想走過圓環，有人在他的身後說：

「獎券——我買一張！」那個人走上來，開始在他的手上挑選，他十分仔細地查對著那些號碼，但，他很快的抬起頭，問道：

「怎麼都是九字頭的，別的號碼沒有嗎？」

他搖頭。那個人走了。

「九字頭不好嗎？」他唸道：「誰能知道什麼號碼會中獎呢！」

他又想起「運來推不開」那句話。

「難道說……」這次，他學著那個人的樣子，細細的查對著獎券的號碼。一個古怪的念頭驟然走進他的思想裡來。他覺得——似乎很肯定的覺得，這些號碼都是很有希望的。他不能解釋自己發生這種感覺的原因。

「為什麼不能呢？」他反抗地叫道：「假如它已經到了自己的手上，而自己再將它讓給別人……」接著，他想起那個夢，左眼皮跳，李鐵口的話……

他越想越相信這即將到來的好運了……

「是賣的嗎？」一個肥胖的中年人站在他的面前問。

他驚惶地將他那揑著獎券的手，從那個中年人的面前急急的縮回來，喊道：

「不！不！我不能將它賣掉！」

那個人楞了一下，悻悻地走開了。他聽見他的詛咒聲。

於是，他立刻小心翼翼的將那五張獎券放進內衣袋裡，然後反身到中山堂的開獎會場去……現在，人愈來愈多了。直至開獎的時間開始，他才真正的從那深沉的玄想裡醒覺過來。他覺得自己的血液在奔流著，使他陷於一種不可思議的興奮中；他忘了自己的疲乏和飢餓——他被那臨近的幸福所暈眩了。

搖獎機在轉動，報告號碼的聲音在飛揚，嘈雜的人聲在喧鬧，他的心臟在激烈的跳動——這些聲音匯在一起，在這個窒悶的空間堆積起來，沉重的壓下來……

兩個鐘頭過去了。現在，只剩下那些對尾字的末獎了。他始終沒聽見台上報告過九字（也許他聽見過），他只聽見其餘的那些號碼在跳動著——以一種滑稽的姿態，和那使他不能忍受的聲音。

隨後，會場裡的人散去了，燈光熄滅了，他仍然頹坐在他的座位上。他在計算著那到期的利錢，那雙小紅皮鞋的價格。當然，他將這五張已然變成廢紙的獎券也計算進去。他用一種低弱，但異常安靜的聲音向自己說：

「不要緊，下期還有五千塊錢的機會呢——運來是推不開的！」

說著，他感到出奇的疲乏，他緩緩地垂下他的眼皮。現在，他只聽到一種輕微的，有著節奏的聲音，被滲進這靜謐的空間，在那聲音完全從他的生命中沉沒之前，唯一使他心中不安的，就是他在想：

「那雙小紅皮鞋要被別人買去了！半個月的時間是長得多可怕啊！」

民國四十年六月八日

失落的空間

現在臺灣南北鐵路線擁擠的情形很有點像大陸的京滬路，在車上找不到座位是常事。記得三十八年我和一位朋友乘夜車到臺中去，兩個人竟然佔據著整節車廂。

距離夜快車開行的五分鐘之前，我在售票的小窗口才決定到臺南去——這是我向來旅行的習慣，我從不在事先作任何計劃；其實，人生這長途旅行中，誰能依照著計劃進行呢？我並非宿命論者，但幸福和痛苦都是不能預期的——。當我步入月臺的時候，鈴聲響了，我未存絲毫奢念，希望在車上找到一個座位；所以我上車之後，便將腳步停在甬道的門邊。

我感到車廂裡的空氣濁而悶熱，皺皺眉，心裡正在盤算如何渡過這個夜晚，坐在第一格座位裡的一位年輕人站起來。

「你來坐這個位子吧，」他對我說：「我是來送行的。」

說著，他站著繼續向旁邊的那個女人輕輕的說著話，直至列車開始蠕動，他才匆匆的走掉。我坐下來，心裡像是了掉一樁沉重的心事，我舒暢的將眼睛閉起來。但，這位相貌可憎的女人卻不讓我有片刻安寧，在十分鐘之內，她要求我和她換了三次座位，命令我去開啟和關閉過五次以上的車窗；然後，她攏攏那燙得怪模怪樣的頭髮，開始喋喋不休地自言自語起來（因為我始終沒說過一句話），她告訴我剛才送行的那個男人是她的男朋友，戀愛了五年，假如不是因為每日應酬太多，她真想將這段纏綿悱惻的經過寫下來；她說目前臺灣好些作家的文章，她都看不下去——當然，那是說比起她來的話。至於坐火車，那是她生平最怕的事情，並不是別的，而是怕同座的男人不三不四，她說她碰見過好幾次；同時，還坦白地向我承認，當我坐下來之後，她就對我有所戒備了。

「不怕你見怪，」她又攏了攏頭髮，解釋道：「像這種事情，女人家是不能跟你們男人比的。」

我沒有話說，點點頭。

火車在桃園站上停下來，車廂裡又擁進來十幾位旅客。她忽然將身體靠近我，向窗外望。

「這是什麼地方？」她問。

站名的大木牌就掛在月臺上，正對著我們。我想：她一定是在裝糊塗，所以只笑笑，沒理會她。

「喂，我在問你呀！」她用手拐碰我。

「也許是桃園吧。」我不耐煩地說。

「桃園？」她慌忙站起來。「我差一點就忘了下車了一跟你這個人談天，真有意思。」走到門邊，她又回轉頭，虔誠地說：「我就住在桃園，以後有空的話……」

「一定一定，我一定來拜訪。」

她得意地眨眨眼，笑笑，向南道那邊擠出去了。

我如釋重負地吁了口氣。看見一個留著長髮的黑衣女人靜靜的在我身旁的空位子上坐下來。

害怕再遭受同樣的騷擾，我隨即將頭靠在車窗邊裝睡；雖然我是極易在車上熟睡的，但這時竟然毫無疲憊之感，而身邊這位旅客，她非但沒有半點騷擾的意圖，甚至我懷疑她在什麼時候已經走掉了。我覺得，她似乎應該說一兩句話才顯得合理似的。

約莫過了好幾個站，我的忍耐力全喪失了，於是我微微的睜開限睛……

在我的眼前，這位少女像是在注視著什麼似的，使她的神態陷入沉思裡；她的鼻子和嘴的輪廓很優美，只是上唇的唇角微微下垂，流露著一種哀愁的意味。我似乎能從這些線條和光影上，約略窺見裡面所蘊藏的那種矛盾，迷惘和激動，儘管她那夢般的長髮是如何地掩飾著這種情緒。

我所意識到的，是一束已死去的音符（曾經強烈地震顫過的）；暮春的，幽幽的嘆息；一種無色澤與生命的，死亡的象徵。

她幾乎一點也不發覺我那長久而凝神的注視。這凝視，漸漸的由欣賞而變成一種美的創造了，她開始成為一件罕世無匹的藝術品，像是每一部分，都要經過無數的痛苦才能雕刻出來似的，顯示著一種特殊的意義與諧和——一種冷色調子的諧和。

我欲名之為：一位失意的……。我忽然想：對她，我為什麼會發生這種奇怪的感覺呢？

很久很久，我仍然沉耽在這種酩酊和玄想中。驀然，她靜靜的（她的一切動作都是靜靜的，宛如一片飄搖的落葉）站起來。走出南道。相隔了好些時候，我仍然聽不到盥洗室的拉門聲，但，驟然一陣微含寒意的夜風從通道擁進車廂裡來。

我打了一個寒噤，一個敏銳的思想掠過我的腦際，我連忙跟著走出去。

她站在車門邊，車門已被她打開了，風將她的長髮撒成一個玄色的網。

「嗯……」我故意輕咳著。

她驀然醒覺地扭轉頭，看見是我，彷彿微微有點驚訝和不快，但，她隨即慘澹地笑了。

「跳下去是很容易的。」她解嘲地低聲說。

「推一個人下去，一樣的容易。」說著，我過去掩上車門。「——可以說是完全沒有罪證！」

「你的思想太可怕了。」

「但，這總比無意識——或者說是失去理智的行動安全些。妳能說聖人的腦子裡沒有雜念嗎？」發覺我已窺破了她的心意，她好奇地問：「你是怎麼會知道的？」

「我一直在注意妳。妳不知道我在看妳嗎？」我反問。

「我以為你也和我一樣！」

「這怎麼說？」

「視而不見，聽而不聞。」

「這怎麼能夠呢，」我笑起來。「面對著這樣一位高貴的小姐……」

她輕喟了一下，低下頭，淡淡地說：

「這兒有點冷，我得進去了。」

她進車廂裡去之後，我仍然站在車門入口的南道上吸完了一支煙，我才帶著這一個新的決定走進去。現在，她又恢復了原先的意態，彷彿剛才的事情根本沒有發生似的，她的那種虔誠和專注，使我不忍心去打擾她。同時，我的心裡，卻增添了一份憐惜和悲憫。

除此之外，我還能做些什麼呢？這個時候，我希望我剛才所想的事情，是自己的多疑和幻覺。雖然我極力在安慰著自己，但依然不能釋懷。我開始懊悔，我以為不該睜開眼睛，或者不該追到甬道外面去……。

這是不可能的，正如我不可能永遠監視著她一樣。她像是也明白這一點，所以當我在臺南下車的時候，她矜持地對著我笑笑。

我猶豫了一下，終於摯切而低緩地說：

「我永遠為妳祝福。」然後，我匆匆地下了車，頭也不回地走出車站……

整個早上，我落寞地流連於赤崁樓頭，延平郡王祠的圍牆裡；然後我緩步於陌生的街頭，讓夾道盛開如火的鳳凰木燃燒著我的鄉愁……

愁，我知道這是那兒來的愁。

我得努力忘掉那件事，我向自己說。迷惘地走著，腳步將我送進一家小電影院，而那張片子，是我看過的，庸俗的劇情，庸俗的導演和演員，記得那次我並沒有將它看完。可是現在，我卻安安靜靜地坐著，在前面第一排，因為這樣我只能看見一面蒼白而空虛的銀幕。

開映之前，照例，數以百計的幻燈廣告魚貫而出，配以憂鬱而低沉的日本音樂——那些藥物，化妝品、襯衣、皮鞋，新開幕的酒家，我分不清，我只看見無數變幻的色澤和線條，一種朦朧的感覺。

突然，一對泳衣的男女坐在波浪條紋的遮陽傘下，右角有兩棵棕櫚樹，上面，有幾個紅色的美術字：安平海水浴場。

不假思索，我隨即離開這家小電影院，先向一個香煙攤販詢問，然後乘坐那輛破舊的民營公路客車到安平港去。這天的天氣異常鬱悶懊熱，客車在迷漫著塵土的公路上慢慢地行駛著，到了安平，便轉入一條僅能勉強通行的小道，迂迴曲折地到達海邊。

但，距離海水浴場還有一段路，還得經過一小片松林。當我步行到那兩排竹棚的入口時，已經汗流狹背了。浴場裡，有兩排供人休息的竹床，食堂，水室和擁有兩張乒乓球桌的遊樂場；這些對於我，引不起絲毫興趣。我望著那無際的，湛藍的天，湛藍的海；那翻著白沫的浪潮，和那在旋飛著的灰色的沙鷗……

在一間小草房裡租到一條游泳褲，我狂熱地，跳躍過那如琴鍵般舖在沙灘上的木板（浴場的主人為了使遊客便於在那灼熱的沙地上行走而舖設的），向海的懷抱奔赴。

跳進那微腥的，有鹹味的海水裡，我才發現，連我只有五個遊人，其中三個人在淺處嬉逐，另外那個人則在深處。沙灘上，遮陽傘空著，那用竹子架起來的安全瞭望臺上站著一個人，下面蔭處的救生木筏邊坐著四五個膚色黧黑的船夫。我在豎著紅旗的繩圈內游著，偶爾一抬頭，我看見游到繩圈外面去的那個人並沒有回頭，而且愈游愈遠了。

幼小時的那種奇怪的衝動使我跟著他游出去，我是從海裡長大的，我懂得怎樣避開浪潮的衝擊，很快的，我距離那個人已經很近了。忽然，一個大浪將他高高的掀起來，我才發現那是一個女人，長髮的女人。

「啊——嘿！」這個時候，後面站在瞭望臺上的人拖長著聲音，警告地叫起來。

她繼續往前游我那奇怪的聯想力使我突然想起火車上的那個女孩子。跟著我加急我的動作，追上去。現在，我已經離她不遠了。

「游回來！」我吃力地大聲叫道。

她回過頭來了，僅是短短的一瞥，我便證實就是她了——蒼白而水冷的臉色。起先，她錯愕了一下，當她認出是我時，她似乎曾經冷酷地笑了一笑（跟著被一個浪潮所遮沒）隨即又回頭繼續向外游。

「啊——嘿……」

「游回來！」我再警告。她仍然置之不理。

我又追趕了幾呎，但，我禁不住恐慌起來，因為我幾近無力了，我還得留些力氣游回去。而她的水性，卻並非我所能想像的，看樣子，她似乎還有些力氣。我努力掙扎著，再游幾呎，我不得不放棄追下去的念頭了。

「不要再游出去了！」我極力喊道：「游回——」
一個逆浪將大量的海水灌進我的鼻孔和嘴裡，我喝了兩口苦澀的海水，劇烈地嗆咳起來。我沉下去，又浮起來，只吸進半口氣，接著被一個大浪撲擊著我的頭腦……
昏迷中我覺得有人拉著我，醒過來，我已疲乏地平躺在木筏上。太陽強烈的光線使我好久好久才看見她。她跪在我的身邊，輕撫著我的手背，用一種深情而微含歉疚的目光凝望著我的臉，嘴角有淡淡的笑痕。
我要想坐起來，她阻止我，同時，用手指去將我的眼睛閉起來。「還是再躺一會兒吧！」她溫柔地說。
我躺著。我聽見那幾個救生夫用詛咒的聲音談論著我們。到了海灘邊，她請其中一位船夫攙扶著我到右面那頂大遮陽傘那邊去。讓我在發燙的帆布椅上躺下之後，她從一隻藤織的手提袋裡（和她的衣服一起放在那兒的）拿出二十塊錢，遞給那個船夫，作為酬謝。
那船夫帶著意外的喜悅走開之後，我調侃地說：
「反而妳變為我的保護人了！」
「誰叫你游到外面來的？」她認真地問。
「這正是我要問妳的話。」我回答。
她扭開頭望著前面。
「我喜歡這樣！」她說。
「哦。」我知道那是她的遁詞，於是，我帶有點揶揄的口吻問：「——就是這麼簡單嗎？」
她猛然回頭諦視著我，悻悻地說：
「那麼我倒要聽聽你的複雜的理由！」

「妳覺得嗎，」我有意緩和地說：「妳生氣的時候要比平常更美些。」

「這是最庸俗的小說裡的話！你在逃避我的問話呢！」她恬靜地說。

「其實，」我說：「我的理由也是很簡單的：我從小就愛海，記得我曾經收集過各色各樣的貝殼。據說在深的地方，有一種多彩的圓卵石；但我幼小的時候，不敢到深的地方去，長大之後，又離開了海——妳不會知道，這就是一最筆沉重的債！」輕喟了一下，我眺望著水天接處，傷感地說：「有一年，當然，我已經長大了。我在一個山上找到了一顆，後來被我遺失了，從那，天起，我就發誓要將它找回來……」

她慘然地點點頭，淒惋地說：「你太富於幻想了！」。

「這就是我的缺點。」

「怎麼不說這就是你的長處呢？」她忽然問：「你現在的職業，是什麼？」

「——是一個男人。」

「你還是喜歡說笑話。」

「不是笑話，」我解釋道：「職業對於一切都無關的，殺人的兇手也許有一副慈悲的心腸；職業只能養活人，但不能使那個人快樂。現在我們何必要牽連到它呢，就如同現在我們還不知道彼此的姓名，這樣，反而永遠不會忘記，那不是更可貴嗎？」

「你和他一樣，把一切都想得太美了！」她太息著說。

「還不及妳本身的一半呢。」我笑笑，及至我和她的眼睛相遇時，我低聲問：「——這句話，也像是『他』說的嗎？」

她很快的從我的眼睛中逃開，臉色驟然變得慘白，她那微顫的手指在緊緊的捏著帆布椅的靠手，像是在抵抗著一種劇烈的痛楚似的，我知道我的話傷害了她於是我執著她的右手，歉疚地說：

「我不該說這句話……」

「別管我，」她固執而瘖啞地回答。

接著，她的心靈又開始被那個可詛咒的思想攫捉住了，經過一段深長的沉默，她忽然異常清晰而平靜地說，眼睛仍然望著前面。

「告訴我，你的那個故事吧！」

那聲音將我從夢幻中醒過來，我慎重地問：

「妳在說什麼？」

「我要你告訴我，那個多彩的圓卵石的故事。」她幽幽地回答。

「哦！」我笑了，笑裡有淡淡的愁緒。

她正色地偏過頭來注視著我。

「妳到過南京嗎？」我低下頭問。

「到過的。」

「明孝陵，燕子磯、雞鳴寺……」

「我都去過。」

「那麼雨花臺呢？」我繼續問。

「啊，那倒沒有！可是，」她有意反問：「這跟你的故事又有什麼關係呢？」

「這是很難解釋的，」我說：「也許妳會認為這是我的幻想，但，由於我以前的狂妄；後來的命運我漸漸失去辨別真實與夢幻的能力了！」說著，我開始陷入深沉的思索裡。半晌，我才嘎聲繼續說：「妳也許會知道雨花臺出產一種美麗的小石子，據說它們是有生命的，假如將它曝曬在日光之下，它便會死去；因為它像魚一樣，是生活在水裡的——在水裡，它的色澤千變萬化，一如多情少女的美眸，所以，我相信它就是我所找尋的，深海的圓卵石！」

她展出一個愉悅的微笑。我接著說下去：

「復員到南京的時候，依照一位朋友的指示，我在一個雨天到雨花臺去，在那荒凉的小山岡上，我燃燒著兒時的那種熱望和幻想，四處去找尋。但，我十分絕望，我找不到那種小石子，當我拖著疲乏的腳步沿著那條傾斜的泥路走下山坡時，一輛黑色的小轎車擦過我的身邊停下來，它已經攔著我的去路。

『到車上來吧，』一個女人的聲音在轎車的後座發出：『雨太大了。』

這時，我才發覺自己已經渾身透溼了。

『我們是同路，車子上多坐一個人是一點也不礙事的。』那聲音懇切地補充道。

我沒有理由拒絕這善意的邀請，於是我只猶豫了一下，便伸手去拉開車門，坐到後座去。身旁的那位少女有一頭長長的黑髮，穿著一襲玄色的喪服。我靜靜的望著，不敢去看她。

『你是才從內地來的？』她安詳地問。我知道她在打量著我的軍服和臂章。

『是的。』我誠實地回答。

『那麼，你在這種天氣到這兒來……』

我自嘲地笑笑。

『我來找尋一樣東西。』我說。

我發覺她震顫了一下。停了停，她用一種懷疑的語調問道：

『你要來找那種有——生命的小石子？』

『啊……』我驚異地望著她：『妳怎麼會知道？』

『因為每一個到這兒來的人，都是為了要找尋它。』她冷漠地回答。

『妳也相信那種說法？』

『當然，它的確是，有生命的。』

『妳看見過？』

『我有一顆。假如你喜歡它的話，我可以送給你。』她凜然地注視著我，說：「不過，你得發誓……』

『……』

『你要像珍惜自己一樣的，珍惜它！』

『那當然。』我低促地回答。

『而且，我還給你一個考慮的機會。——得到它是不祥的呢！』

『這是迷信！』

『那麼一顆有生命的石子便要變成神話了。』

但，我的執拗終於戰勝了她，她將它送了給我。它是一顆酡色的半透明的小石子，橢圓形，上面佈有一圈圈均勻的花紋，而當中的核心，像是一種動盪而幻變的流質，隨時變換著它的形狀和光澤。我承認，它是我這一生中所看見的，一顆最美的小石子……」

我緘默下來。半晌，她用一種抑制的聲音問：

「怎麼，你的故事就這樣完了嗎？」

「永遠不會完的！」我傷感地說：「此後，我發現它確是不祥的。簡括地說，一切都在我的身上應驗了——五年之後，我身敗名裂，潦倒不堪。於是，我終於在一次醉後將它失去了……」

「接著，」她插嘴：「你的運氣又好轉了！」

「恰恰相反！」我痛苦地搖搖頭。「我記著她說的話：我和它的生命是不能分離的。現在，我只剩下一半了。」

「所以你發誓要將另外那一半找回來？」

「你說我不該這樣做嗎？」

她低下頭。

之後我們很少交談，各人沉耽在各人的思想裡。

而浪潮愈來愈大，黃昏開始來了。

似乎我和她同時發覺我們是應該走了，所以，我們幾乎是同時的站起來，向那些竹棚走去。

「我們一整天，連水都沒喝過一口呢！」當她從更衣室走出來時，我說：「我們就在這兒吃些食物吧。」

「急什麼呢！」她急急地抗議道：「回臺南去好好的吃一頓豐盛的晚飯，不更好嗎。而且，我們現在還得走一段路回安平去……。」

「走路？」

「最後的一班車早就開走了！」

「妳知道？」

「唔。」她玄惑地笑笑。「我要帶你走一條捷徑。」

我有點困惑，但終於跟著她走了。

離開海水浴場最初的那一段路，我們順著原來的那條滿是塵土的公路走著，右面小河邊的淺處，殖滿了牡蠣（那是一種人工繁殖的方法，牡蠣生長在那些僅露出水面的竹枝上），再走過一片虱目魚的魚塭，便轉到右邊的一條小路上去。那條路的兩側，佈滿了纍纍荒塚。那些墓門，幾乎是同一形式的，墓碑的兩旁，向外伸展著矮矮的牆，像是圍抱著那青石砌成的前階；除了姓名不同，每塊碑石上都刻有類似的字句。當然，其中也雜有些顯得特殊的——刻有十字架的，只有一塊長方石碑的；還有一個十四歲夭折的天才的墓，由墓的設計和建築便足以證明他的父母對他的鍾愛。

我和她慢慢的走著，不斷的去細讀那些墓碑的字跡，最後我們在一座新墳的前面將腳步停下來，墳的左旁，有幾個赤膊的工人在挖著一個新的墓穴。在那個新墳的青石墓碑上，我看見幾行字：

這是他所選擇的地方
地下並未埋葬他的軀體
不用在這裡記下名字
因為已經刻在她的心裡

「這實在太詩意了！」我低喊道。

「是嗎？」她睨視著我。「完全照著他自己的意思做的。」

「看來，他的愛人——或者是妻子建造這座墳，只是為了紀念他！」

「他生前和她到這兒來過。」

「是的，」我接下去說：「也許那時只不過是一句戲語，結果……」

「悲劇真的發生了！」。

「那麼，」我忽然不解地問：「——地下並未埋葬他的軀體，又怎麼說呢？」

「愛情是不屬於軀體的，」她喃喃道：「他的軀體也許埋葬在大陸，也許是埋葬在海裡……」

沉默了一些時候，我沉重地吁了口氣，望著那幾個挖土的工人說：

「看樣子，明天就有人葬到他的旁邊了——願就是他所愛的人！」

「是的。」說著，她緩緩的將頭擡起來，我發現她的臉色慘白（也許是這個故事所感動的緣故）。略一思索，她自管自地走起來。

安平的內港鱗次櫛比的停泊著好些漁船，我們順著岸邊的路向前盡頭走去，恰巧趕上最後一班回臺南去的機帆船。那條船和普通漁船的大小相同，狹小的船艙裡有兩排座位，早就坐滿人了。所以我們上船之後，只好靠在船尾的木欄邊。

「我向來是不願坐到裡面去的，」她說：「在外面比較有趣些，待會兒你就可以看見晚霞了……」

「妳曾經來過？」

「我時常來，」她坦然地回答：「而且，我總是乘搭最後一班船回去。」

船在那並不十分寬潤的運河上行走得很慢，晚霞卻在天際悄悄的燃燒起來了，她的雙眼也淡淡的染有那種顏色，看見她那種凝神專注的神態，我突然發生一種悲惘的感覺，雖然我並不知道這種悲惘是因何而起的。

回到臺南，已是萬家燈光的時分了。我們對坐在一家小飯館的樓上，淺淺的酌著酒，始終不發一語。顯然，她是在抑制著些什麼，大口大口的將那略帶甜味的臺灣烏梅酒灌進嘴裡去；我承認，她的酒量是很好的，不過，漸漸的有一層紅暈開始從頰上升起來了。當她將那瓶酒的殘餘斟滴在杯中後。她重重的將酒瓶擱在桌上，將頭揚起來。

「喂！」她口齒不清地叫道。

我發覺她已經有點醉意了，我忍不住按著她放在桌上的手，輕輕的說：

「我們真的要喝醉嗎？」

她驟然回過頭，深情地注視著我，嘴角上浮起一陣狂喜的笑意。「完全跟他一樣的口吻！」她自語著。

「……」

「假如我和你一樣富於幻想的話……」

「就不能和我一樣麼？」

略一思索，她的眉宇間顯露出一種新奇的激動。

「是呀！」她微笑著說：「我為什麼不呢？」停了停，她忽然以熱望的語調低喊道：「走吧，不然我們便要錯過舞會的時間了——你忘了嗎？這還是在你出發之前約定的呢！」

她那種認真的神態使我顫慄起來。我吶吶地隨口應著：

「啊，是的——這是我們約定的，我怎麼會忘記呢。」

走出飯館，當她挽著我的臂走上新生社的樓梯時，我才想起今天是一個盛大的節日，而且，這是一通宵舞會。

我們在靠窗的角落上找到一個略為隱蔽的座位，她幾乎是喋喋不休的，用甜蜜而快活的聲音向我——即是幻覺中的他——細訴著一些往事；甚至在共舞時亦不停止這種傾訴。她十分有趣的說著，不時發出一些幸福的笑聲；雖然那些話對於我，是毫無意義的，非常乏味的，但，我耐心的聽著，我覺得有時分負別人的痛苦也是一種快樂。從她的話裡，除了我知道那個「他」是一位飛行員之外，其他的，我一無所知。不過，「他」離開她，像是最近發生的事情；我不明白他們分離的原因，我只聽到她重複了好幾次，提到他們的諾言。

在一個慢華爾滋完了之後，我和她回到我們的座位上去。她看了看腕上的手錶，忽然對我說：

「還有五分鐘就是兩點了——你將身體靠在椅背上，還有，微微的帶些笑容，望著我的眼睛……」她將手合抱在胸前，虔誠地喃喃道：「我要看三年前的今天，你是怎麼樣有趣的望著我……」

「……」

音樂又起了，她忽然用懇求的聲音說。「閉上你的眼睛吧，別老是這樣望著我，我的心跳得很厲害呢——親愛的，求求你聽我的話，我記得，後來我們不再跳舞，只是靜靜的坐著，閉著眼睛聽音樂……」

我依從了她。但我不知自己在什麼時候竟然熟睡了。

醒過來，發覺自己靠坐在窗前的椅子上，身上浴滿了陽光，有黯懊熱。舞會已經結束了，冷冷落落的，只有幾個疲倦的侍役在收拾著場地。思索了好一回，我才發覺她已經走掉了。連忙站起來，看見我的杯子下面壓著一張紙條，上面寫著：

——答應我最後一個請求：別再找我，不然，你會使我做出不可饒恕的事情的。你不認為每個人的面前都安排著一條屬於他自己的路嗎？

讀完那張條子，我頹然的跌坐在椅子上，我感到出奇的昏亂，久久，我才微微找到一點頭緒。「是的，」我向自己說：「每個人都有一條屬於他自己的路！可是，她替自己安排一條怎樣的路呢？」一個不幸的預感瞬即向我襲來，我連忙驚慌地站起來，匆匆地離開那個地方，走到街上去。我茫然地向前走著，走到運河邊，我才猛然醒覺過來。於是我在附近雇了一輛出差汽車，用最高的達率趕到安平海水浴場去。

但，已經遲了。在海灘的瞭望架下面，我擠進人堆裡。看見平躺在沙地上的那個被救起的人正是她，我正要走過去，其中的一個船夫認出是我。

「沒有用了！」他攔阻著我用臺灣話說：「已經一個多鐘頭了呢！」

「一個多鐘頭？」我重複他的話。

站在旁邊的那個租衣間裡的女人用並不純正的國語解釋道：

「天剛剛亮，她就來了，」她望望那幾個正指手劃腳在談論的船夫，問道：「他們說你和她昨天……」

「昨天我們來玩了一天。」我回答。

「那麼我去替你把她的東西帶來吧，」她說「我們已經派人到安平去報告警察局了，他們馬上就要來的。」那個女人走開之後，我在她的身邊蹲下身體，我看見她的面容非常平靜，沒有半點痛苦的痕跡；她的那雙秀麗的眼睛安靜的閉著（我突然想起她在幾個鐘頭之前曾經這樣要求我）；她的嘴角，由於肌肉的鬆弛而顯得微微下垂。整個看來，除了她那種蒼白，會令人懷疑正沉浸在美好的睡眠裡。

過了一些時候，那個女人回來了，還帶來了一位警佐。他簡單的問了我幾句話之後，便將手上拿著的那隻信套遞給我。說：

「那麼，這包東西是她留給你的了——你拿去看吧。」當我將它接過來，他接著說：「檢察官和法醫在兩三個鐘頭之內就會趕來的，你來得正好，不然，又得給我們添了些麻煩事——至於她託你辦的事情，你看那封信吧。」我迷茫地離開他們，走到昨天的那頂遮陽傘下，才將信封裡的幾張發票和信箋取出來。

原諒我沒有叫醒你，向你告別。我知你一定會追蹤而來的。

我是一個不祥的化身，災難的縮影。你為什麼要將那個故事告訴我呢，我早就將那回事情忘得一乾二淨了；現在我得坦白地承認，當時我那麼慷慨的將它送給你，是對你的報復——為了你對我的輕蔑和傲慢。我不斷的詛咒你，希望一切災難都能加在你的身上。但，當你昨天將你的痛苦向我傾訴之後，我才知道我的任性所犯的罪孽，同時，我明白我那悲慘的遭遇，就是神（恕我用這個字）對我的懲罰。

他太像你，唯一不同的，就是他始終那麼謙卑而馴服地依偎在我的身邊，他所找尋的，是一個有生命的人，而並不是一顆小石子。於是，我捨棄了你。但，當我將自己交付給他的第二天——你應該記著，我也是在第二天離開你的——，他和另外三位同伴在出發某項重要任務中失事罹難了。雖然我知道他死去的時候一定很快樂（因為他已獲得了我全部的愛情），而且這次不幸的責任是完全與我無關的，但，我不能饒恕自己，我永遠認為，這是我帶給他的災難，如同我帶給你的一樣。

一星期前，我在安平為他的愛情建一座塋墓，就是我們昨天停留的地方。昨天早上，我為自己購備了一副棺槨，那幾個挖土的工人是我預先雇好的，但，當我準備向他失落的那個方向游去的時候，你來了；由於我不忍心再將災難帶給你，我暫時打消了死的念頭。我何嘗不明白你在遮陽傘下含蓄的話語呢！所以，我引領你到他的墓前去。可是，你又刺傷了我。你記得嗎？你說但願葬在他身旁的，是他所愛的人。

因為這句話，我的一切懺悔和繼續生存的慾望都變得毫無意義了。在那家小店裡，你鼓勵我和你一樣用幻想去麻醉自己，你使我不得不將你帶到我和他初識的地方去——現在，我全明白了，你一直不肯饒恕我；你是聰明人，你能夠用幻想替你自己的痛苦解脫，但，我只有用我的命運……。

現在，當你讀到這封信，我認為，在我們三個人（還有他）之間，應該作一個合理的解決了。當然，執行這件審判工作的，只有你。我已經替自己備了棺槨。挖好墓穴，墓碑也定好了——只是沒有刻上字，請你替我刻下幾行比較恰當的字句吧！我手上戴著的那隻瑪瑙戒子，送給你，作為你失去了那顆雨花臺小石子的補償，但願它將幸福帶給你。

永別了！

你永遠不會饒恕的人

故事之外

第二天，我將她葬在她自己所選擇的地方，石碑的大小和形狀是完全和他相同的，我吩咐那位老石匠這樣刻著：

不是上帝　但他們三位一體
其中的一位　為國捐軀
她身殉於愛情的海底
他們永遠活在我的心裡

在他們的墓前獻上兩束鮮花，哀默地佇立了一會，我在暮色中失落在那條暖昧模糊的路上了。
那是一條什麼路呢？流星的狹徑，時間的乾涸的河床，抑是命運那黑暗的墓道……

民國四十年八月十四日

霧散的時候

徹夜的失眠使他在這天的清晨不得不離開住所，走到這個，初冬的，沉靜而微寒的街道上去……

他走在深濃而濕澀的晨霧裡面。他很容易的便想起他這二十八年悲慘的（現在他覺得是悲慘的）生涯中，曾經有過多少次，也是這樣走在晨霧裡。記憶的刀，永遠是那麼鋒利的，尤其是在這個時候。他記得，在抗戰期間，在大後方，在一個像夢一般神奇可愛的山城：他還是一個孩子。每天，他總喜歡繞著城牆，走到學校去，放學後又循著原路回家；因為在清晨他可以看見迷茫的白霧，黃昏後他可以看到燦爛而瞬息萬變的晚霞。

假如將他作為一個小說裡的人物來分析，那麼他應該是一個內向的，秉有藝術素質的人。從小，他便有要成為一個藝術家的志願。但，他從來沒有將自己這個偉大的志願表露出來，如同他永遠將自己的感情藏蓄在心裡一樣。其實，在霧裡，他除了要尋求那一份令他陶醉的神祕的美，還有一種特殊的力量，它能夠將他內心中一層陰影遮掩住。在霧裡，在這可見的「有限的」空間，他變成了另一個人；他跳躍著，歌唱著，做著種種表情，喃喃自語。總之，霧變成了他的知友，他的戀人。一個接受他的傾訴的對象。而多彩的晚霞，卻像徵著他的迷茫和抑鬱，象徵著一個早熟的孩子對生命的戀慕和幻想。

「這就是所謂瞬間的永恆吧！」他忽然從回憶中抬起頭，用愁切的聲音向自己說：「我從來沒有將它捉住過！」

是的，他要捉住它；從那個時候起，他便要伸手去捉住它。

他所畫的「霧」和「晚霞」，曾經被貼在學校的美術櫥內；現在，它們仍然是那麼清晰的浮現在他的心上。可是，在現實生活中，這個夢是愈來愈遠了。遠得幾乎連記憶都追不回來。

以後，他永遠沒有摸過畫筆。如果有，只是一次，他曾經用一枝細軟的眉筆替一位美麗的少女畫一幅素描。不過，那張畫非常失敗，還未完成，便急急的將那張畫紙揉成一團了。

「怎麼啦？」那位美麗的少女驚異地問：「重新畫一張？」

他靦腆地搖搖頭。

「我根本不會畫！算了！」他說。

「……」她注視著他，沉靜地說：「我相信你會畫得很好的！」

「妳怎知道？」

「從你畫畫時的神態上我看得出。」

她的話使他認真的將那張揉捲了的畫紙重新攤開；望了望上面那拙劣的構圖，生硬的線條，冷淡的筆觸，他的眉頭便皺了起來。

於是，他隨手將它撕碎，帶著疲乏的笑意抬頭說：

「妳的臉部太均勻，太美了，我捉不到半點特徵！」

「我的特徵在靈魂裡面。和你的一樣。」

「我？」

「嗯，」她深情的回答：「我知道你的靈魂裡面藏有些什麼！」

他忽然笑起來。她真的能夠窺察出他內心中的隱秘嗎？他肯定的向自己說這是不可能的！她說這句話，只是顯得她更真純，更幼稚而已！

現在，霧愈來愈濃了，他像是隱約的看見，那些街樹，燈柱、以及這個城市的建築物；從四周，從一個個奇怪的地方，升起來，緩緩的浮升起來……

如同眼前的景物，在他的心裡浮升起來的，是十年前那個難忘的日子……

那是個秋天。當他從那難以忍受的等待中完成了中學的課程，正要傾盡全生命的熱誠去塗抹理想中那一幅悲壯豔麗的畫幅時，勝利來臨了。

人們的狂歡使他痛苦，激情的抑制使他窒息，那已幻滅的抱負使他憤懣。於是，他開始消沉下來，變得更加沉默，冷峻；他那雙深沉的眼眸裡，釀滿了莫名的仇恨和怨妒。他憎恨自己，以及所有的人。

考進了大學，他很快的傳染上當時思想上流行的瘟疫。他失去理智，盲目地發洩鬱積於內心中的熱情，在這種破壞和罪惡中獲得滿足。

「這就是我所走的路！」他的腳步在一條死路的路頭停下來。

我已經走到盡頭了！他想。

但，這種意念並不是突發的，自從他到了臺灣——說得更真確一點，應該是，自從認識那個他曾經為她用眉筆畫素描的少女之後，他愈來愈感到那種莫名的威脅；而那種威脅不是外來的，是由他自己那隱藏得太多的心中發出的。

現在他將這句話說出來，也許是由於在濃霧裡的緣故。不過，山城城牆上的情趣完全失去了。他忽然覺得，在這迷茫的濃霧中，他把生命隱藏在裡面，而自眩於這種美和神祕之中，這只不過是一種不幸的逃避。他以為，當濃霧消散的時候，他便要失去了自己；因此，他睜著眼睛走進另一層濃霧裡去，他企求在這種曖昧的生活裡面，獲得解脫和滿足。

這就是他自己所走的一條路：混沌，渺茫。

驀然，他痛恨眼前這種緊裹著他的乳白色的晨霧，他無意識地揮動著他的手，他需要一絲光亮照進他那陰暗的靈魂裡去……

他很快的軟疲下來。在扭轉身的時候，他忽然看見遠處一盞還在亮著的路燈的燈光，在霧的後面，呈現出一圈澄黃色。

「前面已經是無路可走了」，他注視著它，向自己說：「往回走吧！」

往回走？他重複地唸著，他的嘴唇和雙手開始微微的顫抖起來。這個念頭使他戰慄，雖然它早就進入他的心裡了。

「不！不！」他在心裡畏怯地叫喊起來：「他們會怎樣對待我呢？他們會用那種光度強烈的聚光燈照著我的眼睛？他們會用水灌進我的鼻孔？鞭打？槍殺……？」

其實，使他疑慮不安的並不是這些。

「我怎能讓她知道這些醜惡的事情呢？」他痛苦地垂下頭。「她的心是這麼真純而完美！我絕對不能這樣做！即使是——」

他隨即想到死。一種最切實最明朗最仁慈的解脫，只有它才能掩蓋生命的一切醜陋和罪惡。於是，他緩緩地抬起頭。路燈已經在前一分鐘熄滅了。

「這就是死亡的象徵啊？」他冷酷地笑笑，腳步又開始走動起來。是一種堅定而勇敢的腳步。

他想，我要在霧散之前將這件事情結束。我不能留下半個字。這樣，便沒有任何一個人，知道我的生命裡包裹著些什麼可怕的東西了。

當然，她一定會痛不欲生的。她一定會這樣探究，晨霧對他有一種什麼力量（她知道他喜愛晨霧），在死之前，他在思索些什麼問題？甚至，她還會連接到那次事情上去。

「她怎麼會知道我的靈魂裡藏有些什麼？」他得意地說：「——這是一種多麼詩意的死亡啊！像霧一樣，美，神祕。」

他忽然想到：以後——他死了以後，她一定也會喜愛霧。霧變成了他的愛情。她也會時常走進霧裡，悼念他的死亡。

「亡魂不是也存在於一種看不見的『霧』裡的嗎？」他問自己：「如果真有這回事，那麼我便會伴在她的身邊，走在兩重不同的霧裡！」

至於那第三重「霧」，那矇蔽著他整個心靈的那重霧，它一定隨著生命失去了，消散了。現在，他已經走到西門町的平交道前面。從捉住這個意念開始，他便想起在不久之前發生的一件事：一位年輕的詩人曾經在那兒不幸被火車輾斃。

「除了這樣，」他想：「便沒有方法證明我的死亡是出於意外。要不然，他們便會追究我的死因，說我是一個弱者！」

霧瀰漫著，空虛的街道癱瘓在他的前面。

為了迎接那個不幸的時間到來，他在附近的豆漿攤前坐下。

「先生，甜的還是鹹的？」那個肥胖的女人笑著問。

他心不焉在的凝望著那盞電石燈所閃吐出來的火燄，直至她再問一次時，他才回過神，吶吶地回答

「嗯，鹹——不！要……要甜的！」他刻意地補充道：「多放一點糖！」

由於她那麼慷慨的從那隻瓦罐裡掐了幾匙雪白的砂糖，他忽然想起那個笑話。在他來臺灣之前，他以為真的如「他們」所說；住在臺灣的人，只能夠吃到香蕉皮。

「連豬都不吃香蕉皮！」他不快活地說。

「先生，你說什麼？」豆漿攤的那個女人奇怪地問。

「沒，沒什麼。」

「您要不要加個雞蛋？」

「加個雞蛋？」

「冷天吃個雞蛋，是很補養的！」

「嗯，是的，是很補養的。」他隨口說：「妳就替我加兩個吧！」

豆漿送到他面前來了，他不斷的拿著調羹攪動著，落入沉思裡……

「您還不喝？都已經冷掉了！」她提醒他。

他重又醒覺過來，發覺對方在望著自己笑，於是連忙低下頭，喝了兩口。

過份的甜膩使他皺起眉，這才記起自己在早上是從來不吃甜食的。他要想另叫一碗，但又打消了這個念頭。轉瞬間，他反而覺得在這個時候，他應該勉強自己將它喝下去；如同以前那些犯人在行刑前喝下大量的烈酒一樣，

豆漿喝完了，平交道口仍然毫無聲息；在他的印象中，每天他經過這兒時，十有九次，總著火車經過；現在他只坐了短短的幾分鍾，但，他像是已經等了好幾個鐘頭似的，漸漸感到煩躁不安。

「今天會不會永遠沒有火車經過？」他忽然這樣問自己。不過，他並沒有再想下去。

豆漿攤的那個女人又望著他了，他再要了一碗甜的，加兩個雞蛋的豆漿。

她略一遲疑，終於將他所要的送過來。因為，他的神色雖然有點奇怪，但從衣著上看，他不像一個付不起賬，準備賒欠或白食的客人。

霧，在逐漸消散。火車還沒有來。

這種等待他開始感到難以忍受，他感到昏亂，激動。那些不必要的，曾經被他忽略的，以及他故意不去想的問題煩擾著他，在他的腦子裡旋轉。它們彷彿一頭頭熱帶叢林裡專愛吃腐肉的大鷲，張著黑翅，向他撲下來；而他自己，正是一具屍體。

就在他因心靈的劇痛而至瘋狂的時候，平交道的「叮叮」聲響起來了。他沒有宗教信仰，可是這個時候，他體驗到鐘聲的神聖意味——那是寬恕，安慰，鼓勵。

他陡然站起來，衝到那正在緩緩放下的木柵那邊去。但，他的背後跟著發出一種尖銳的聲音：

「呃，呃——這位先生！」

他驚惶地回轉身，發現那個女人已經向他走過來。

「您還沒有付錢吶！」她急急地說。

他沉重地吁了一口氣，隨手將褲袋裡所有的錢塞到她的手上。

「太……太多了！」她拉住他的衣袖。

「算了！」說著，他連忙返身向木柵走過去。

火車的笛聲響了，漸漸近了；但，沒有時間讓他衝出去，它已經很快的從他的眼前掠過——它只是一架並沒有拖著車廂的火車頭。

似乎失去了這個機會，他便驟然失去這點死的勇氣。當木柵被那個穿藍制服的人拉起來，鈴聲停止之後，他的腰骨忽然顫抖起來。他渾身滲著冷汗。直至那個人用那種疑惑的目光打量著他，他才再回到豆漿攤上坐下來。

好一會，那個女人才敢用一種痞弱的聲音問他：

「先生，您，您還要……。」

「……」他搖搖頭。「我……我坐一下，我在等一個朋友！」

她不響，開始去招呼其他的早起的客人。

他並不知道她仍在不斷的注意著自己。現在，一種奇異的什麼流遍他的全身，他感到麻痺而軟弱，連頭也無力再抬起來。他瞠視著地上，非常清晰的，那是他被輾斃的屍體；肢體分離，血肉糊模的臉，滿地鮮血……不！不！我不能這樣死！我不能！我絕對不能！他向自己嘶啞地叫著，哀求著。但，一種熟悉而又陌生的聲音卻在他的耳畔響起來。

「除了這樣死，你沒有別的路！」那個聲音威嚇道：「今天是最後一天，你的那些『同志』們，也許已經去自首了，他們會將你供出來；說不定保安人員正守候在四周，跟蹤著你！」

他猛然揚起頭，望望坐在前面喝豆漿的客人，然後疑懼地環視四週。他霍然站起來。幾乎是在同一個時間，平交道的鈴聲又響起來了。

「我不能被捕！」他在心裡說：「我不能讓她知道我是一個卑劣的叛徒！我要留給她完整而美好的印象和愛情！」

木柵放下來了，他站在這道生與死的界限前面。

這次經過平交道的，是一列長長的貨車。於是，他將眼睛閉起來。車輪在鐵軌上所發出的響聲和震動，在他的生命中震顫著，搖撼著；而且愈來愈強烈，愈來愈使他這荏弱而失去主宰的心靈難以承受……

忽然，他感覺到自己的身體向前躍動，他感覺到車輪在自己身體上輾過。於是，他心靈和肉體上的一切官能完全鬆弛下來。然後，他開始感覺到火車遠去了，嘈雜的人聲很快的向他的屍體圍攏來。在這種贖罪的解脫中，他沒有絲毫痛苦，一種幸福的恬暢包裹著他，聲音漸漸靜止……

經過一些時候，他再被人搖醒。從那個穿藍制服的平交道管理員，那個豆漿攤的女人，以及扶著他的那位警員的臉上，他知道發生了什麼事，而且，事情已經過去了。他馬上注意到頭頂那兩條漆著黑白二色的木柵。

「我，我……」他激動地喊道。

「你昏倒了。」那位警員溫和地說。

「不！」他搖搖頭。「我是說，我，我是一個……匪諜！」

「在醒過來之前，你已經說出來了。你放心，我馬上陪你去辦理登記的手續。」

他含著熱淚微笑了。一瞬間，他的心靈中注滿重生的喜悅，羞愧和疑慮離開了他，現在他顯得平靜而堅強。

這時，他覺霧已經消散了，今天是一個有溫暖陽光的好日子。

於是他重新站起來。

民國四十一年三月廿九日

苦杯

雖然我也曾經失過戀，從無數次愛情的烈燄裡逃出來；但，我依然反對別人將愛情比為苦杯。我認為，愛情是一個備有各式各樣美酒的酒櫥，我們只是依照我們的習慣，嗜好、或者是情緒品嚐著。由於寫作，我窺探過無數情侶、夫婦和家庭；所以我發現好些令人驚異的事情：我有一位過份拘謹的朋友，他從來不敢走近那個酒櫥；而另一位朋友卻每天都帶著幾分薄醉，怡然自得；有些只固定的飲某一種酒，有些卻專門喜歡喝他們從未喝過的；還有，無數個酗酒者沉迷不醒，醒後忘得一乾二淨；但，也有好些聰明人將無數種酒調製成一種新奇的飲料，然後皺著眉頭將它喝下去。

於是他說愛情是一杯苦酒。

他就是這樣一個人。

這幾年來，我始終過著清苦而顯得閒蕩的寫作生活，紊亂，毫無規律。沒有一個朋友滿意我這種作為，甚至認為我自甘墮落，沒出息。結果，三個月前，一位好心的朋友替我在一家小報社裡找到一份工作，我也希望能夠因而約束自己。

在開始的那個時期，因為環境陌生，我很少和其他的幾位同事攀談過。我每天採訪回來，照例向那比我早回來的點點頭，然後伏在那張小而簡陋的寫字桌上寫消息，發了稿，便悄悄的走了。

再過幾天，我開始注意他。

他坐在我的左邊，靠牆；因為是靠牆，所以他老是喜歡將身體倚著椅子和牆角，斜著身體望著我。他的那雙眼睛裡有一種奇怪的意味，不含善意；週圍有一個睡眠不足或者是過度縱慾而起的黑圈，最初他那樣望著我的時候，我覺得很不舒服，後來有一天我有點忍受不住了，於是我報復而挑釁地回過頭去和他對望。

可是，我差一點笑出聲音來；因為他望著我，其實，他並不看見我，他幾乎並不將我當為一個存在於他眼前的生物——我不知道他在望些什麼，我故意咳了一下，他像是才醒覺過來。然後他真正的看見我了，我很清楚的能從他的眼睛裡窺見，剛才那使他凝神的思想奔逃四散的步伐。他微微的向我點了點頭，那張大而線條分明的嘴變成一種似笑非笑，而又有點輕蔑的樣子——後來我才知道他平常也是這樣的。

此後，他引起了我的興趣，關於這一點，他似乎亦略有所知了。從外表看，他應該是屬於「純男性」的那一類型。頭髮黑而厚，方臉，步伐沉重而肯定。衣著方面，質料和式樣都相當考究。我想，以前他的環境一定很壞，不然，他單靠這家小報社微薄得可憐的薪給，是連一襲最起碼的布衣都添置不起的。說明白一點，他並不像是一個真正在這種地方工作的人，我漸漸的從另一方面獲得了證實這句話的根據。他外文的程度和學識都很高深，應該是一個有理想抱負的人。難道他找不到更好的工作嗎？我問自己，但找不到解答。而我仍不斷地在搜尋了解他的線索。

舊曆年除夕的中午，我交一篇關於年關的特寫，他仍然沒有回來。距離最後截稿的時間近了，才看見他跌跌撞撞的走進來。

「喏——交差！」他胡亂地從衣袋裡掏出一小捲摺皺的原稿紙扔在採訪主任的桌子上，含糊地說。

「你再不回來我就得投河了，」採訪主任有點抱怨地說：「版位空在那兒等你哪，你說急不急人，而且，今天又是大年夜，太座在等我回去陪她辦年貨……」

他不響，一屁股在那把有點支持不住的椅子上坐下來。嘴裡唸道：

「廢話少說，老子高興什麼時候回來，就什麼時候回來，看不慣，下條子叫我滾蛋好了。」

大概他們都摸透了他的脾氣，故意東一句西一句將話扯開了。約莫過了兩分鐘，我便聽見他打著酒噎，向同事敘述他昨兒晚上的戰績，連最不堪入耳的地方都毫不隱瞞。我聽著，但不敢去望他。最後，我聽見他拍著桌子，從椅子上站起來，叫道：

「走，到經理部去——不肯借的話老子要揍人！」他用手擦擦下巴上沒修剃的鬍髭，補充著說：「今天晚上是什麼日子？他媽的！不可無酒，不可無女人……」

因為借薪一月是大家舉手通過而又經社方默許的，所以我們大夥兒一起到經理部去。在那個地方，我們幾乎鬧了兩個鐘頭，才算是領到了一點錢。在我走出門口時，他突然沒頭沒腦的一把拉著我，說：

「到我那兒過年！」

「……」我一時接不上話。他接著說：

「少在我面前擺派頭，我請你是看得起你！」他笑了，笑裡永遠抹不掉那種譏笑的意味。「——你要知道，我是你的忠實讀者，你發表的每一篇東西我都讀過。」頓了頓，看見我不響，他繼續說：「這樣吧，先去買一點吃的，然後到我的家去，晚上，唔——我帶你去另外一個地方！」

我的好奇使我依從了他。另一方面，這個晚上我事先摒絕了所有好心的朋友們的邀請，準備單獨過一個寂寞的年。所以，當我和他一起走起來的時候，反而心安理得起來。

我們買了一隻又肥又大的燒鴨，和好些佐酒的鹵味，當然，酒是少不了的。他捧著那些東西，不肯讓我拿。一路上，他只是重複著那句話。

「你一定會喜歡那個地方的！」

走到桂林路附近一條小巷子裡時，他搶先走到前面引領著我走進巷底右側一家半西式的屋子裡去，在走廊中段，他略一思索，便猛力用腳踢開那扇被緊鎖著的房門。

我嚇了一跳，看看那還掛在門框上的鎖和地上被踢碎的門板的碎片。一個女人尖銳的聲音從屋子裡面叫起來了：

「你要拆房子啦！」

他從房間裡將頭探出走廊，大聲大氣地回答：

「我的手上拿著東西，鑰匙在口袋裡呀——什麼了不起，踢壞了老子賠你！」

於是吵鬧開始了。這是說那女人忿懣的咒罵聲叫個沒完，他突然得意地笑了，向楞在房門口的我說：

「你進來呀，別去管她，她是我的房東。」

我走進去。他的這間房間很小，最多不會超過六蓆，而裡面陳設的傢俱都是特大號的，塞滿了整個房間。我奇怪他為什麼要買這樣大得可怕的床和衣櫥，足足佔去房間面積的一半；剩下的地方放有兩張單人沙發，一把搖椅和一張雜亂而鋪滿灰塵的寫字桌。我敢說，我從未見過比這更凌亂的房間：床上被褥有一半拖在地上，衣櫥的門敞開著；沙發和椅子的靠背都掛滿了骯髒的，換下來的衣物；地上，全是煙蒂和紙團。

他發覺我看得入神，又笑了。順手用手拐推開寫字桌上的書籍和玻璃杯，他將手上捧著的食物放下來。然後過去檢拾起掛在傢俱上的衣物，一起扔到牆角上去。

「有趣吧？」他回轉頭問道。

我不安地在靠門邊的沙發上坐下來，不置可否地應著。他凝望了我一陣，像是了解我的心意，於是他用腳去掃開地上的東西，開始整理他的房間。

我坐著，我知道假如我幫助他，一定會引起他的不快。所以我平淡地說：

「算了吧，這個時候還收拾什麼呢！而且，這樣情調反而好些。」

「什麼？」他忿忿地將手上的東西摔在地上，叫道：「你說這是情調？」說著，他哀傷地向四周掃了一眼，然後頹然地在床邊坐下來，心灰意冷地接著說：「好吧！就叫它做情調吧！」

結果，這天晚上他很少說話，只是粗魯地用手撕食著燒鴨，大口大口的灌著酒。而我，簡直食不下咽，我後悔自己為什麼會跟他到這種鬼地方來；一個人過年雖然寂寞，但總比這樣尷尬好些。有好幾次，我幾乎想向他告辭了，可是，另一種心理在作祟，我認為既然已經來了，為什麼不澈澈底底的和他混一個晚上，也許從他的身上會發現一些新奇的東西。主意打定，我故意去和他碰杯，然後裝作若無其事地說：

「中午你在報社說的事情，非常精彩！」

「這又算什麼！」他冷漠地回答。一邊用那油膩的手將一本小記事冊從內衣袋裡掏出來，遞給我。「——你看，這就是我污辱自己的記錄。」

我接過那本小冊子，不明白他這句話的含義。翻開它，那些格子上依次地填有好些女人的名字；從名字上看，知道那些都是臺灣女人，而且都是風月場中的臺灣女人。在名字的前面，還註有日期——第一個名字的日期是五月十四日，距離現在約莫有七個月。

「你數數看，一共有幾個！」他向我說：「呃，你這樣數多麻煩，反正一頁十二格，第七頁已經快寫滿了。」

我不忍心再看下去，用力將那小冊子掩上，我說：

「你為什麼要這樣蹧蹋自己，我看你並不快活？」

他乖戾地笑起來。不以為然地詰問道：

「快活？什麼叫做快活？你以為你是快活的嗎？」

「……」

「唉！」他丟開手上的鴨骨頭，傷感地說：「你看多掃興，我們為什麼討論這個問題呢…」沉思了半晌，他又自言自語地唸起來：「是的，我並不感到快活，但，這樣總可以使我能夠暫時忘掉痛苦吧！」

「這樣只是加深你的痛苦。」

「你能不能說兩句順從我的話呢？」他哀求地喊道。

「你要我阿諛你嗎？」

「不！因為我是一個懦弱的人！」他驟然垂下頭。

他是一個懦弱的人？這豈不是一個最大的笑話嗎？我注視著他，看見他用激動得發抖的手斟了一大杯酒，一口將他喝乾了，然後又去斟第二杯……

當他正要喝第三杯酒時，我猛然將他的杯子搶過來，將酒潑在地上。

「這並不是解決事情的辦法！」我呵責地說。

「我知道！」他痛苦地低喊著，搖著頭。

「不可以告訴我嗎？也許……」

「除了我自己，」他急急地截住我的話：「世界上沒有任何一個人能夠幫助我……」

「你以為是這樣？」

「嗯。我很了解自己——尤其是我的懦弱。」

「但你並不像是一個懦弱的人？」

「外貌是不可靠的，」他說：「她也是一樣，她的外貌是一位美麗的淑女，但是……」

他委屈地抬起頭，猛力用手拐將桌子上的杯盤掃到地上，兇惡地叫道：

「她——她是一個最醜陋的魔鬼！」

「她是誰？」我平靜地問。

「我的太太。」他疲乏地回答。

這時，我才約略意識到一點關於他之所以如此的原因。我望了望房間裡陳設的，軟式和質料相同的傢俱，太太的床，衣櫥等等。於是我緊迫著問：

「你很愛她？」

「……」他點點頭。

「七個月前她離開你了。」

「你怎麼知麼？」他詫異地反問。

我指指那小記事冊，說：

「這上面註有日期——第一個女人是五月……」

「求你別說下去。」他制止道：「我以前不是這樣的。我的家庭，環境，都不允許我這樣。我是一個保守而拘謹的人，離開學校，我一帆風順，但，我從未戀愛過，也從未發生過這種念頭。」說著，他的頭開始低低的垂下來，陷進回憶的淵底。停了停，他瘖啞地繼續說：「女孩子第一次看見我，也許會喜歡我——我的相貌並不使她們討厭，你說是嗎？可是，第二次，她便要因憎恨我而離開我了！而她，就是唯一的一個第三次仍要接近我的人。」

「這樣說，她也是十分愛你的了？」

「我不知道，我只知道她恨我，她要用刀殺死我，但她並不直刺我的心臟（其實，她的刀的確已經貫穿了我的心），她要讓我不斷的痛苦，直至我忍受不住，死去！」他那充血的眼睛注視著我。「你以為我的話有點過份嗎？」

我不響，他驟然發狂地大聲笑起來。

「我看你是醉了。」我勸慰地說。

「醉了？」他止住笑，不服地說：「我們還有兩瓶酒呢，喂，拿來，我要你看看我的酒量。然後……」

「然後再看你爛醉如泥。」

「不不！」他詭譎地沉下聲音：「然後我帶你到另一個地方去。我不是跟你說過的嗎。在那個地方，你一定可以找到很多寫作的靈感——你去過嗎？萬華！」

五分鐘之後，我已經和他走在黑暗而冷落的街上，遠遠近近，響著刺耳的鞭炮聲。他顛躓地走著，我走在他的旁邊。當他提議要到那種地方去時，我知道一定拗不過他，而且他已經醉了，我害怕會發生什麼事情，所以跟著他走出來。現在，他昂著頭走著，有點不屑於望我。

轉過一條街角，我故意說：

「關於你太太的事情，你才向我說一個開頭呢？」

他驟然將腳步停下來，兇惡地迫視著我說：

「你要我在這兒揍你一頓？」他正要伸出手，忽然又緩緩的收回去，痛苦地扭開頭。「——算了吧，我們不談她，我們現在不是要到萬華找女人去的嗎？走！」

他開始自管自走地走起來。

但，我知道他是被適才的那個問題擾亂了，走到前面的街，他突然扭轉身，疲乏而淒苦地嗄聲道：

「我不能再到那種地方去了……」

扶他回到家裡，他倒在床上很快的便醉得人事不知了，望望他，我吐了一口氣。於是我帶著點憐惜的心情替他整理他的房間；我理出十幾條髒手帕和二十多雙穿過的襪子（大多是從未洗過的）：在整理他的書桌時，我偶然從桌下撿拾到許多相片的碎片，為了消磨這個夜晚，我耐心地將它們拼綴起來，但，顯然那些碎片是由許多大小不同的相片撕下來的，所以我化費了好些時候仍然沒有結果，我只拼出一隻女人的眼睛——明媚而充滿熱情的眼睛。

我想，這個眼睛一定是屬於他太太的了。接著我開始揣測她的相貌，姿態……

「我為什麼不翻翻他的抽屜呢？也許……」這個念頭忽然闖進我的腦子裡。雖然我知道這是很不應該的，可是我竟然不假思索的做了。

我拉開當中的大抽屜：除了一些零物，全是當票——差不多有好幾十張，而且大部分是已經流當了的，典當物連打火機和鋼筆都包括在內，票面最小的是新臺幣二十元，當舊白被單一條。我急急的將抽屜關起來。回轉頭，看見他沉迷地仰臥著，嘴角仍遺留著那種冷酷的笑意。我驟然感到煩亂——一種罕有的煩亂，在那整理打掃過的房間內來回走了幾步，我決定立即離開這兒，回到自己的家去。

以後，我們還是天天在報社裡見面，不過，他再不像以前那樣愛發牢騷，變得陰沉而冷峻了。元宵那天，當他默默地走出報社時，我跟在他的後面。

「有什麼事？」走出巷口，他先問。

「我們到玫瑰去坐坐，你很久不到那兒去了。」我說。

「再過兩天吧，」他憂愁地喃喃道：「我在寫一篇小說，寫好了，我會給你看的——」

後來我很關心他的那篇小說，這種等待對於我簡直是一種折磨。上月，我因為腳踝患神經性關節炎，不得不放棄了我的工作，整天躺在家裡；但我仍然時常打電話到報館去給他，我故意找些話和他談，不過我從不提起他的小說，而他也像是不肯洩露。

直至前天，我按例到玫瑰去，一進門，我便發覺裡面轉角上的老座位被人佔去了，因為那暗弱的枱燈亮著。我正想返身出去，那個光頭的小厮連忙叫住我。

「他在等你。」他說。

「誰？」

「你的朋友，就是那個……」我沒聽他講完，便走進去。

我看見他一個人靜靜的坐在我慣常坐的位置上，形容十分憔悴。見了我，他淡淡地向我招呼，等到我對著他坐下來，他直率地說：

「我要找你談談。」

「是關於那篇小說？」

「……」他困難地說：「——我再也寫不下去！」

「……」

「她又來找我了！」

「她時常找你的嗎？」我詫異地問。

「時常，她哪一天高興，哪一天便來……」

「這次她和你說些什麼呢？」

「——她說她要回來。」

我停了停才繼續問。

「你不願意接納她嗎？」

「接納，我永遠在接納，」他低喊道：「她就是抓著我這個弱點。」

「弱點，怎麼說是弱點？」

「她知道我需要她。現在我痛苦，是因為她離開我，所以當她和我生活在一起時，她毫無憚忌地為所欲為，她以她那近乎淫蕩的行為傷害我，因為我愛她，她就這樣打擊我的自尊心……」

「可是現在她已經悔悟了？」

「是嗎？」他尖聲笑起來。「——她只不過在找一個擊中我的要害的機會而已，我明白她的意思。」

「這是你的多疑，」我不以為然地說：「假如她不是因為後悔，為什麼要回來呢？」

「是的，她要回來，像以前那幾次一樣的回來！」

「哦……」我吁了一口氣。

「讓你來笑話我吧，」他用手遮掩著額頭，痛恨地說道：「她離開我，已經三次了；每一次回來的時候，她都跪在我的腳底下，哭泣著，求我，她知道什麼話會激惱我，然後讓我毒打她（我不得不這樣做），於是，在後來的一個短時期中，她繼續做一個好情人，可是……」他的聲音沙啞了。

「可是，她再次離開你？」

「在第二次她再回來之後，我便和她結婚了，她要什麼，我便給她什麼，一切都盡我所能，因為我愛她——非常非常愛她。……」他沉思片刻，然後瘖啞地繼續說：「婚後的第五個月，她偷偷的結識了另一個男人，我知道，但我不敢去揭穿它，我沒有這個勇氣。直至那個男人離開了臺灣，她突然在一天晚上十分平靜地告訴了我，她已經有四個月身孕了，孩子是那個男人的。他要我作一個決定，和她離婚或者饒恕她。聽了她的話我悶聲不響的走了出來，在一家小館子裡喝得大醉，回去打她一頓，然後我哭了，我去吻她，要求她不再離開我。但是，她堅持著要將肚子裡的孩子打掉，她憎恨他的父親。可是我不能這樣做，我不能讓她去冒險（聽說四個月的身孕是不容易打掉的），同時，我既然已經原諒這無罪的孩子。我對她說，我會將他當為自己的孩子一樣對待他的，我希望她能夠放棄了這個念頭。她不響，第三天的下午，回家時我發覺她躺在床上，臉上慘白，但她的嘴角掛著殘酷自私的笑容，我知道她已經做了什麼事了。等到她的身體復原之後，她時常故意找些事情和我吵鬧，終於，我又打了她，她找到了藉口，又走掉了……」

「就在八個月以前？」

「……」他點點頭。「後來，她不斷的寄些短信和照片給我，表示她對我的關懷，她知道這樣我會受不了，她要我永遠痛苦，永遠忘不了她。——朋友！」他突然軟弱無助地伸出他的手給我，生澀地說：「你聽著，我十分明白，除了我和她生活在一起，我永遠不能再找到快樂，可是，這一次，我再也沒有勇氣接納她了……」

他畏怯地用力收回他的手，緩緩地將頭垂下來。過了好些時候，我才理清了頭緒，然後關切地問：

「你這樣……」

「別說！」他急急地打斷我的話，「我考慮過，我已經決定這樣做了——我要放棄一切快樂的追求，我要視痛苦為快樂。我曾經這樣說過，在她這次離開我的時候，我說：我永遠不會饒恕妳。所以我得履行這一句話。現在我要對坐在她的面前，我要看著她臉上那種冷酷和輕蔑的神態。直至有一天，她在她的快樂中死去，或者，直至我忍受不住，將她殺掉！」

「我想你不會這樣做的。」我帶有點嘲笑的口吻說。

「是的。」他沮喪地回答：「她也這樣說過。而且，我也知道我不會這樣做，如同我不能再和任何一個女人戀愛一樣。」

今天早上他又向我申述他準備殺她的計劃了。我不能說什麼，我只用一種憐惜的眼光望著他——望著他喝下這杯他自己調製的，道道地地的苦酒。但，世上的人從來不能分辨出苦裡面有多少種滋味。

民國四十一年九月廿一日

晚霞

一

這是一個完全屬於年輕人的舞會。

從走進這個客廳開始，她便察覺到這個晚上自己的心情有點異樣。其實，她對這種含有愁怨味的情緒並不感到陌生，這兩年來，每當她走進這種充滿了歡樂和笑聲的場合，她便那麼敏銳的接觸到它；只是這個晚上比較往常更強烈，更帶有威脅意味而已。

現在，她靜靜的──那麼高貴而矜持的坐在一個光線較暗淡的角落上，靜靜的注視著前面那些在縱情歡笑的年輕人：他們在跳著那種近乎瘋狂的快步舞；他們在談笑，飲著那種冰冷的摻有琴酒的飲料；少女們被男士們一圈圈的包圍著……

她靜靜的望著，回憶著已往的歡樂，那些已被她虛度了的時光：她記得，和這些少女們一樣，她也曾經被無數男孩子們包圍過；她曾聽過無數遍，他們用那種可愛的聲調向她阿諛和讚美；當然，其中也有好些虔誠而忠實的追求者，但，她竟然漠視這些愛情。

而這些美麗的時光卻悄悄的流過去了……

現在，她依然是那麼高貴而動人。可是，由於自己那過了份的矜持，她已經深深的覺察到：愛情與歡樂離她越來越遠了──甚至可以說是她故意如此。她用外表的矜持掩飾內心的悔恨，她的自尊心不允許她後悔她所做過的任何一件事。

舞會在繼續進行，除了她之外，每個人都酩酊於歡樂中。

忽然，她的目光停留在客廳的入口上；她看見一個遲到的客人。她不明白自己為什麼會這樣注意他，而且並不立刻將目光移開（因為他已經向她所坐的方向望了望）；最後，她的嘴上浮起自嘲的笑意，她發覺——第一次發覺；他那過份高貴的衣飾和那種傲慢的意態使她憎惡，當然，這也包括他那俊美的容貌在內。她承認，在以前她曾經為這些而醉心，而瘋狂；可是在這個晚上，只引起她那種莫名的憎恨，正如目前她的憎恨自己一樣。

他，這位遲到的客人，仍然站在客廳的門檻上，似乎並不打算走進來。他有一頭整齊而濃厚的黑髮，像是每一根髮絲都曾經被他刻意的梳理過；他的眼色，和那被日光晒成淺棕色的臉上的笑容，卻含有一種批評的意味；但，他又十分有教養的將這種批評保留著，不願宣洩出來。

現在，音樂靜止了，客廳頂上的大吊燈亮了，在人們回到四周的座位上去時，他才將始終放在背後的雙手放到前面來，這種動作在她的眼中看來，除了傲慢，還添增了一分輕浮。

顯然，舞會的主人這個時候才發現他，而且在那親切的接待中說明他們是很要好的朋友；至少，他是一個被主人尊敬的客人。

看見他們這種樣子，她忽然連主人也輕蔑起來。她在這一瞬間，幾乎已經後悔來參加這個舞會了。

但，更不幸的，主人竟然拉著他的手，向她走過來。

「來，」主人熱切地向她說：「讓我來向妳介紹一位難得的朋友——一位非常難得的老朋友！」

她冷漠地和他略作寒暄，他便大模大樣的在她對面的空位子上坐下來。老實說，這並不是使她更加痛恨的原因，那使她咬牙切齒的，是他始終沒有好好的，仔仔細細的望過她一眼。他並沒有注意她——注意這個美麗高貴的女人；也沒有注意其他的人；他像是要在這客廳中尋找一種值得挑剔的東西。但這種說法也不夠確切，因為，挑剔不足以形容他的意向，甚至有比挑剔更壞的什麼，她一時說不出來。

大概過了四支音樂，他第二次看了一下腕上的金錶，於是站起來，謹慎地扣好上衣的衣鈕，然後誠摰地邀她跳舞。

她猶豫了一下，最後還是和他走進舞池裡去。可是，第一步他便跳錯了，差點踏著她的腳。

「非常抱歉，」他連忙用一種歉然的聲音說：「我是不會跳舞的！」

「那麼你為什麼還要跳舞呢？」

他並不因她的話和那淺淺的訕笑而惱怒；相反的，他露出潔白的牙齒，認真地笑著回答：

「就算是為了禮貌吧，我覺得那些會跳舞的男孩子將它完全忽略了！」

她扭開頭，勉強和他「跳」完這支音樂。回到座位上之後，她忽然相信他是在故意捉弄自己；因為像他這樣的一個「公子哥兒」不會跳舞，的確是令人難以置信的。

不過，儘管她在怎麼想，他不再跳舞卻是事實。而且，當他第四次望了望錶，隨即站起來，向走過來的主人告辭。

「你玩得不快活嗎？」主人問。

「不，我從來沒有這樣快活過。」他接著回答：「我希望我的走不會影響你們，你是知道的，我不能破壞自己的習慣。」

主人笑了。於是他轉過來向她鞠躬，再度請求她饒恕他適才跳舞的失禮，然後走掉了。

主人望著他的背影，喃喃道：

「他真是一個非常難得的——」

「我敢發誓！」她急急的打斷主人的話：「他是一個最虛偽矯飾的人！」

「也許是的。」主人詭譎地向她笑笑。

二

舞會過後，她依然不能鬆弛下對那個「虛偽而矯飾」的「公子哥兒」的厭惡和惱恨，這種惡劣的情緒幾乎連續的煩擾了她半個月，才漸漸的將他淡忘。

一個月後的一個愁悶的下午，她習慣地以一種略為急促的腳步到郊區去散步；但，在不知不覺間，她的腳步岔進一條陌生的道路。

這條路很幽靜，夾道有覆蓋著濃蔭的鳳凰木；微風吹過，有些緋色的花瓣飄落下來，有一種說不出的情趣。她將腳步放緩，走過幾家大門緊閉的院宅，當她越過一小片空場，經過一家汽車修理廠的門前時，她幾乎要失聲喊叫起來。在一輛吉普的旁邊，她看見一個年輕的機器工人正在埋頭工作，他的相貌非常像他——像一個月前她在舞會裡遇見的那個虛偽而矯飾的人。

世界上真的有容貌完全相同的人嗎？為了好奇，為了解答這個奇怪的念頭，她故意返身走回來。可是在她走到那個年輕工人剛才工作的地方時，他已經鑽進吉普的下面去了。她正要離開，他在車底下叫起來：

「請妳將放在葉子板上的鉗子遞給我吧！」

她略一思索，隨手將他所需要的工具遞到他伸出來的手上。「謝謝妳。」他說：「請等一等，我的工作馬上就要完了！」

她忍住笑。她想，他一定看錯了人，或者將她誤認為助手。但，當他用一種敏捷的動作爬出來時，她怔住了。一點也不錯，正是他！

「妳忘了嗎？」他將手上的油污揩在骯髒的工作服上，笑著問：「我們是在那個舞會裡經過正式介紹認識的？」

他的坦率反而使她不安起來。

「是……是的！」她吶吶地應著。

「當我看見妳走了過去，」他笑得更自然了。「我以為妳一定不會再回過頭來的——我在心裡向自己打賭。結果——」

「怎麼樣？」

「我承認自己的觀察錯誤，因為妳又回來了。」

「這話怎麼說呢？」

「我說了，妳不會生氣嗎？」沒等到她回答，他已經說下去：「我一直以為妳是一個既高傲而又不易親近的人。」

她苦澀地笑起來。

「那麼，」她幽幽地說：「你承認現在的觀察是正確的了？」

「當然，」他不假思索地回答：「我只允許自己犯一次錯誤——哦，如果妳願意的話，請等候幾分鐘，我們可以繼續談談。」

說著，他跳上吉普車，將它駛進車廠裡去。

三

這短短的幾分鐘談話在她的心內所引起的變化是令人不可思議的，她懷疑這是虛幻的夢境。但，這絕對不是夢境。他從車廠裡跑出來了。

他將上衣搭在肩上，他說他已經向車廠請一個鐘頭的假，提前下班；同時聲明這種情形是很難得的。

「因為和妳談話是一件很愉快的事情。」他結束了他的話，開始向前面走起來。

走了一小段路，她忍不住用一種低緩的聲音問：

「我可以問一件關於你的事嗎？」

「我？為什麼不可以呢？」

她猶豫起來了，她一時不知道自己該不該說出來；而且，會不會引起對方難堪。但，她愈來愈相信自己的假定——雖然她不能從他的神情中獲得證明，可是，除了這個原因，她實在無法將一個衣冠楚楚的公子哥兒的印象和身旁這個滿身油污的機器工人聯結起來。

「說吧，」他在催促道：「我相信這個問題一定是非常有趣的。」

她重新抬起頭，憐惜地望了他一眼，困難地問：

「你的環境，最近……呃——發生過……什麼不如意的事嗎？」

「不如意的事？」他不解地重複著，當他明白了她這句話的原意，他大聲笑起來。「沒有！非但沒有，而且還可以說是一帆風順！」他望著她眼睛的，繼續說：「妳想，在臺灣只有我一個人，我困苦地半工半讀，唸完機械工程；畢業後我便找到這樣一個理想的工作，我一邊實習一邊賺錢；晚間我還教兩小時的課，增加點收入。這樣，一年之後，我便有足夠的錢開一間——先開半間；半間小小的五金修理店。當然，這家店會慢慢的擴充：修理電冰箱，收音機，甚至更複雜一點的電機——這些我都懂得一點。總之，五年之後，我要有一個小工廠的理想就會實現了。

她靜聽著，她被他這種坦率而肯定的話語感動了。

「我相信你能夠的。」她虔誠地說。

他忽然將腳步停下來。

「這就是我的家，」他指著旁邊的一間小木板平房說：「照理，一個女孩子是不應該到一個還不十分熟識的男朋友的家裡去的；不過，我依然請妳進去坐坐。我敢保證，除了妳自己做出什麼傻事，在我這兒妳是絕對安全的。」

她沒答話，笑著伸手去推開那漆著淡綠色的園門。

四

這間平房的前面有一塊小小的草地，小徑兩邊，種有兩排高大的美人蕉。他向她說：以後他還要種植些花卉，現在正在研讀有關園藝的書籍。

「也是五年計劃嗎？」她笑著問。

「但和工廠的計劃不同，」他認真地回答：「我不想離開這個地方，雖然它小了一點。妳相信嗎，那些喜歡由小房子搬大房子的人，他們的愛情是不真實的？」

屋子裡，客廳不大，但，它已佔去這屋子的總面積的三分之二；有很多粗笨而式樣新奇的小傢俱，堆滿了每一個角落，使人發生一種凌亂的感覺。不過，這種凌亂並不使人煩躁，卻是溫暖的，彷彿如果不這樣的話，反而會破壞這客廳的某一種情調。

她環顧四週，當她正想替這種情調找一個合適的名詞時，他說話了：

「純男性的！」他將幾本書從一張小椅子上移開。「我知道妳從來沒有到過這種地方。」

她並不坐下來，她走過去摸摸那只書架。

「我自己做的，」他解釋道：「這些傢俱都是——它們的式樣很蠢笨吧？可是我喜歡它們。」

然後，他向她介紹他自製的兩用收音機，他收集有許多唱片，古典和爵士音樂他都喜愛；還有他用竹片造的自動百葉窗，瓦罐改裝的台燈，幾件並不怎麼高明的雕塑；最後，他打開一只嵌在牆上的食櫥，將一罐咖啡壺拿出來。

「這樣吧，」他提議道：「妳來煮咖啡，讓我到裡面去換下這身衣服——妳不會煮嗎？很簡單，放三杯水，插上電插頭就好了。」

當他從浴室裡淋過浴，換上一套寬大而舒適的便服走出來時，她已經替他略為收拾過客廳，而且咖啡壺裡的水已經煮沸了。

見他皺皺眉，她搶著問：

「是不是我已經將女性的意味帶進這間屋子裡來了？」

「我不是在想這些！」他搖搖頭，調侃道：「我發現妳並不是一個連掃地都不會的千金小姐！」

「我還有好些未被你發現的！」

「以後我會有很多機會，妳的優點和缺點都逃不了！」

咖啡煮好了，香味充滿全室。他們對坐在矮几前，他告訴她許多關於自己的事，但，他卻阻止她說話。

「今天主要的，是讓妳認識我，」他說：「當妳認為我是一個妳值得交往的朋友時，我自然會有機會聽的——我要慢慢的聽。」

她的臉微微的紅起來了。

「你真是一個很奇怪的人，」她誠實地輕聲說：「那天晚上你走了之後，我曾經在背後罵你呢？」

「我知道，他在信上對我說了，你罵我是世界上最虛偽最矯飾的人！這是很正確的，至少那天晚上我的確是這樣！」

「你真的是這樣？」她奇怪地問。

「怎麼不是呢？」他解釋道：「為了要到這個講究體面和禮貌的地方，我不得不將自己偽飾成一個體面的人，我還要勉強自己和那些人講我所痛恨的禮貌。在我，這是一件痛苦的事；那個時候，我的痛恨自己也許比妳更甚。但，我到底不能離開人群，當然也免不了應酬交際，為了不願意掃別人的興，我買了一套能將自己偽飾成和他們一樣高貴體面的衣服（只有一套），我得浪費一些我不想浪費的時間去整理頭髮，戴上父親遺贈的袖扣和金錶，然後再裝出滿臉的倨傲——這是很容易的，讓人厭惡你並不是一件困難的事情！」

這天，她很晚才離開他的屋子。

五

以後，她很喜歡留在他的屋子裡。因為在那個地方，她的自尊是被保護的，即使他有時會故意的去打擊它；而且，在他的面前，她沒有半點自卑的遺憾，她的生命中開始注入一種新奇的什麼，使她感覺到豐盈和恬適。

兩個月過去了。

顯而易見的，在他的屋子裡，那種女性的意味愈來愈濃了；但，這種意味並沒有破壞它那原有的氣氛，只是使它更調和，更美。

這天，當她在黃昏時帶著愉快的心情走進這間屋子裡時，她馬上發覺有點異樣；它曾經被佈置過，牆與吊燈間掛滿了五色的縐紙，充滿了花香。

「今天是什麼日子呢？」她環顧四週，想。但她找不到半點頭緒，因為她和他的生日並不在這個月份裡。

他捧著一隻小小的碟子，從廚房走出來了；碟子上放著一個小小的，自製的蛋糕，直至他將一支小小的蠟燭點燃過後，她才忍不住問：

「今天是……」

「是個好日子！」他接住她的話，沉靜地說：「不要問，妳就要知道的。」

他用手圍著她的身體，在長椅上坐下來，注視著那在閃爍的燭光。

「這是一個非常好的日子，」他望著燭光說：「在它熄滅之前，我要送給妳一件禮物。」

她吃驚地凝望著他的臉。她發現他的臉上，泛著一種激動，迷惘，含有些微愁意的光澤；她禁不住顫抖起來，她緊緊的捉住他那從她背後收回的手。

「不要發問！」他深情地制止，然後要求道：「閉上妳的眼睛——照一般的習慣，似乎是要閉上眼睛的。」

她終於昏惑地依從了。她馬上感覺到，他將一只指環套在自己右手的無名指上。於是她急急的睜開眼睛。他將她的小手藏在他那兩個溫暖的手掌裡面，沉肅地望著她的眼睛說：

「在妳看到它之前，讓我說一句話：我並不是送一個用金錢買來的東西來裝飾妳；我獻給妳的，是用一種平凡，但是真實；有犧牲，也有創造；對人類具有無限意義和價值的東西來表達我的愛情。」

他放開她的手。

她發現戴在指上的，是一只用鐵絲成圈的指環。

六

現在，她忘了自己是怎麼離開那間屋子的，也不明白自己為什麼要離開它。她似乎記得：當她離開的時候，他並沒有挽留她，也沒有說話；他只是那麼平靜的注視著小蛋糕上的那支逐漸消融的蠟燭……

她茫然地在路上走著。忽然，她下意識地望了望手上那只色澤黯淡而粗劣的，毫無價值的鐵絲指環，她的心靈驟然強烈地顫慄起來。這是一個多麼尖銳的嘲諷啊！她記得——她永遠記得；她曾經蔑視過許多次「愛情」，以及那些代表那種愛情的貴重的飾物；鑽石，翡翠，瑪瑙……

而現在這隻鐵絲指環正含有一種挑釁的意味套在她的指上，朝著她冷笑。

一種熟識而曾經被她炫耀過的意念向她襲來了，她軟弱地迎接它；這一瞬間，她自以為已經從那種難堪和絕望中重新振作起來了，於是她憤懣地用力除下那隻鐵絲指環，然後要鄙棄地隨手扔掉它……

可是，當它離開她之前，她驀然覺醒地急急的縮回她的手；惟恐它會突然失去似的，她將它緊緊的捏著。她那雙美麗而孕滿了熱淚的眼睛，正凝神於天邊那燦爛的，即將消逝的晚霞……

民國四十一年十月三日

阿秀

假如直率一點說的話，詹火旺兩夫妻對於他們這個獨養女兒，是異常關心痛愛的，而且，他們在心裡始終感到內疚和遺憾。其實，天地間父母的心，總是相同的，他們希望自己的兒女長得相貌出眾；卻也不會因為長得醜陋而減少一分愛。

而她——阿秀，她的醜陋是令人厭惡的。看起來像一個怪物。她已整整二十歲了，身材只有普通七八歲的孩子那麼高，但，她的頭卻和常人一樣，雖然她也用幾枚細小的髮夾將那長長的頭髮分為兩邊，可是這種修飾只顯得她的臉孔更醜陋：她的額角是突出的，下面有一雙鼠類一般機警和有點畏怯意味的眼睛；矮矮的鼻樑，鼻孔向上翻著，像她的上嘴唇一樣；她的頸很短，寬大的背駝著，而前胸卻很不相稱地聳起來，最奇怪的，就是那雙出奇的纖細，短小，用一種滑稽的彎曲狀態支撐在地上的腳，使人懷疑它們是否能夠載負她身體的重量。

記得（阿秀有很好的記憶力），在七歲以前，她應該說是一個很美麗的女孩子，不幸在一場重病之後，生理的變態使她的肢體變成畸形了。現在，這個記憶在她的孤獨和寂寞中是唯一的安慰了。當她開始發現（在好些年以前）自己的醜陋之後，她曾經痛恨過自己和所有的人。於是，她像幽靈一樣，將自己囚禁在那間小小的房子裡，有一隻和她一樣醜陋的小黑貓陪伴她。直至今年她的父親開始經營小冰店之後，她偶爾在內屋的門後面偷偷的窺望著外面的店堂：那座整日響個不停的冰凍機，繞在上面的鐵管；黃色的，排列著的小桌椅，還有，那些各式各樣的客人……。

漸漸，這窺望由消遣而成為一種習慣了，幾乎每天傍晚——因為那時候的客人比較多些——他總要躲在黑暗裡窺望一些時候。有一天，她突然感覺到，她是為了要看那個年輕人才這樣做的了。他每天都差不多在同一個時間來，坐在同一個座位上。他並不十分高大，但很俊美，皮膚是淡棕色的，有一頭厚厚的黑髮，總是穿著一件潔白而漿得很硬的襯衣。這種感情是很難解釋的，她簡直不明白自己為什麼這樣注意他，彷彿他的一舉一動，都有一種奇異的力量在吸引著她似的。

於是，在她這寂寞，孤獨而空虛的生活裡，除了那隻小黑貓和那個可憐的記憶，他的影像成為一個不可或離的伴侶了。只要看見和想到他，她像是便能使自己從這幽禁的生活裡解脫出來——因為只要看見和想到他，她才能真正的忘記了自己的醜陋。

這一天，她竟然大著胆子扶著牆邊拐到店堂外面去。她停止在離那年輕的客人不遠的前面，用一種真純無知的目光注視著他，嘴角浮泛著一層淺笑。

他避開她的凝視，故意啜飲著杯裡的飲料。

因女兒這種反常的行動感到驚訝的詹火旺望了望對面櫃台裡的妻子，他慢慢地離開門口的冰凍機。

「美玉！」他低促地向那個打扮得花枝招展的女侍叫著。然後示意地歪歪頭。美玉朝那年輕人輕巧地笑了笑，便向那醜陋的怪物走過去。

「阿秀，」她邊攙扶著她，邊說：「到裡面去，我告訴妳一件很要緊的事情。」

美玉自從受雇到這家冰店來，便以一種善意的憐惜的心情，時常到她的房裡去親近她，她也慢慢的認為這個女侍是一個可以信任的朋友。現在她們進入那黑暗的內屋之後，阿秀情不自禁地說：

「美玉！那個人……」

「是呀！」美玉笑著問：「這是誰給妳說的？」

「誰？他是——」

「他是我的朋友。」女侍截住她的話：「他每天都要來看我，他是在一家印刷廠裡工作的，收入很好……」

「那麼妳和他……」阿秀發出生硬的聲音。

「妳別說出去啊——尤其是不能告訴妳的父親。他要討我呢！」

「……」

「現在問題只在我的養母身上，」美玉激動地繼續說：「假如她肯少要兩個錢，那就好了！」

店堂外面有人在拍著手掌，詹火旺沙澀的聲音跟著叫起來。

女侍出去之後，阿秀陷入一種惡劣而難堪的情緒裡，她痛恨美玉，她甚至認為她剛才對自己說的都是謊話，她生氣地回到自己的房裡，緊緊的將房門關起來。

此後，她極力抑制著自己，她不願意再離開這間小房子，去看那令她煩惱的景象。而美玉卻時常將她和那個印刷工人的事情告訴她，強迫著她去分享他們的快樂。她知道美玉的養母在反對但她奇怪那個女侍那麼自信，她記著她的那句話：事情總會解決的。

最後，她由詛咒而變成真正的盼望這件事情早些解決了，因為她受不了這種痛苦的折磨。

一天晚上，美玉神情緊張地走進她的房，緊緊的握著她的手，懇切地說：

「阿秀，我求妳幫我一個忙！」

「什麼事？」她冷冷地回答。

「我也許明天要離開這裡了，」女侍說：「妳是知道的，我的養母要我嫁給有錢的人。這主意是他想出來的，他要我跟他到臺北去。」

「妳答應他了？」

「沒有，」美玉憂愁地說：「可是事情在明天就要解決的，我一切都沒有準備呢！他說，假如明天最後一班晚車出發之前，我仍不作決定的話，他便要和我分手了。妳不知道，他說這話的時候很生氣呢！而且說完就走掉了。」

「……」阿秀心裡很煩亂，她用力捏著自己的手指，不響。

美玉突然堅決地站起來。

「我一定要跟他走！」她說：「我馬上搭車回後寮去，身分證在養母的身上呀。阿秀，」她又去拉著她的手，將一張紙條塞給她。「——妳要幫助我，明天請妳坐在店堂裡，他來的時候，請妳替我交給他，因為我恐怕從後寮回來已經太遲了，不過，我一定儘快趕回來的。」

這天晚上，阿秀始終癡呆的坐在她的那張矮椅上，並沒有睡到床上去。第二天一早，她便摸著牆角，拐到店堂外面，她將自己那醜陋而蠢笨的身體靠在角落的一張桌子後面，像是有意避開詹火旺夫婦的注意似的。

接連著有好幾個客人因為看見她而去光顧別家冰店，這情形詹火旺看得最明白，於是他顯得有點煩躁起來。而美玉請假回家去了，他只好親目去問她，要不要回後面去休息。但，阿秀並不去理會他，她只入神的看著店門的入口，同時還搜索著經過的行人。詹火旺在心裡嘆了一口氣，懶懶的回到冰凍機那邊去。

台灣夏天的白晝實在太長了，好容易才挨到晚上。驀然，阿秀的眼睛明亮起來，他已經走進來了。

還是老樣，坐在老位子上，可是，她看出他的不安。他不時挪動他的身體，向周圍打量著。現在。他望著阿秀了；這次他並不馬上避開，彷彿他已經發覺那個事情似的。

阿秀昏惑地笑笑，他也淡淡的向她笑笑。當她正要向他走去將美玉的紙條遞給他時，忽然一個奇怪而強烈的思想騷擾著她，致使她偷偷的用力將那張紙條撕碎了。

這天晚上，阿秀的心裡有說不出的快樂，她一直在回味著他那有趣的笑意。而他終於在收店之前絕望地提著他的小箱子走了。

她帶著一種邪惡的勝利的笑意，拐著她那細小而彎曲的腿回到房裡，很久很久，那種莫名的激動還沒有平伏下來。

美玉終於在她的等待中來了。

「妳把那張紙條給他了？」女侍急急地問。

「沒有，」她獰笑著。「他沒有來！」

「怎麼，他沒有來？」

「唔，沒有來。」

美玉猝然伏在桌子上絕望地哭泣起來。阿秀仍然笑著，冷漠地望著她——她永遠記著女侍那天說起他時的那種得意的神態。

「我應該在昨天答應他的，」美玉含糊而悔恨唸著：「他一定以為我不肯跟他走了，要不然，他根本就不喜歡我！」說著，她抬起頭，望望自己，然後認真地向阿秀問道：「阿秀，妳說——我長得很難看嗎？」

這句話一直搗進她的心裡，她的笑容驟然收斂了，在這一瞬間，她從美玉的身上窺見自己的醜陋，不僅是形體上的醜陋。像對著一面大而清晰的鏡子一樣。於是她羞慚而驚慌地扭轉頭，用手蒙著自己的臉。

「妳快點走吧，美玉！」她痛苦地叫道：「他已經來過了，妳趕快到車站去吧！」

以後，阿秀再也不肯離開她的房間，又回復以前的恬靜，只允許那年輕人對她笑的那個美好的記憶進入她的生活裡去。至於詹火旺兩夫妻，對於這次事情發生的始末是一無所知的，只不過更加深內心的愧疚和對她的關懷罷了。

民國四十二年四月七日

對手

陳乞食在臺南，向來以「彈子王」自居。據他說：假如那次省運選拔賽的前一天晚上，他不到新町去鬧通宵的話，是絕對淘汰不了的；當然，假如不被淘汰，照他的說法，那就是：省運冠軍一定非他莫屬。

「割你娘！兩千多點希奇什麼？」每次提起這件事情，他都這樣咒罵：「老子三千點都打過！」這句話是真是假，現在先別去管他，總之，對於打彈子這一道，他的確有一兩手。非但出手快，而且姿勢好。關於這一點，是大家都知道的。可是，誰也不會想到，他以這門手藝為職業——收入很不差的職業。

在這裡，我得有所聲明，我這種說法並不是指他開彈子房，或是什麼的；而且，我證明他沒有任何工作。白天，他躲在家裡睡覺，傍晚的時候才爬起來。洗漱後，他穿起那條燙得畢挺的凡立丁褲和那件透明的尼龍香港衫，先在市場的攤口上喝兩杯酒，吃一些食物，然後一搖一擺的到那些彈子房去溜溜腿，消磨他的夜晚。

在上面我說過的，他以打彈子這門手藝為職業，你們當然知道這究竟是怎麼一回事了——很簡單，就是賭東道。先講好點數，誰贏誰拿錢。我也說過，他的球藝很不壞，準有把握輸不了。就這樣，打個三兩場，贏個三五七十。然後，通常是這兩條路：不是賭就是嫖。

不過，最近他的戰略改了。一方面是由於敢跟他賭的人越來越少；再說，這也不是十拿九穩的，萬一碰著手運不佳，或者昨晚那個姑娘俏一點，輸給別人也是常有的事。所以，最近他開始跑生門子；因為，在那種地方很容易碰上一兩個傻瓜蛋，贏兩個錢根本不費吹灰之力。

這天晚上，他走進一家以前從未來過的彈子房，裡面冷冷清清的，只有一個矮小的客人在打著玩。雖然是自己一個人打著玩，可是那個人倒是一本正經的，不大肯聽那位計分小姐的指導，球桿比劃了半天才打一下。

按照習慣，陳乞食先在旁邊的條凳上坐下來，上上下下打量那個人一遍，然後才下手。現在，他看見那個打球的人穿著方面不壞，腳上穿著一雙有花孔的尖頭白皮鞋，而手上——手上是一隻阿米加牌的金錶。他知道，戴得起這種牌子手錶的人，多少總有幾個錢的。至於球藝，那簡直糟透了，既笨拙而又固執。每逢打不著，他總是搖搖頭，裝出一臉不是怪彈子不圓就是怪檯子不平的那種神氣。陳乞食才坐了五分鐘，他接連換過三次球桿，還是不滿意。最後，他索性不換了，專心一意地在桿頭上擦著藍粉。

但，貼在一起的兩個紅球，他只打中一個。

「賽伊娘！是咽轉啦！（媽的！是怎麼了！）」他重重的將球桿朝地下一頓，咒罵起來。

計分小組不理會他，走開了。這邊，陳乞食認為時機成熟，便到旁邊那只空檯子上去。他故意裝成很外行的樣子，戰戰兢兢地抓著球桿，東一下滑桿（球桿的頭在彈子的旁邊擦過），西一下滑桿，打得連那位矮小的先生都朝著他翻白眼。他呢，只當沒看見，依然裝模作樣地打著。

約莫打了幾分鐘，他將彎著的腰直起來，向那個人指議道：

「一個人打沒味道，我們來比一盤嗎？」

最初，那個人有點聽不懂，後來輕蔑地問，

「你可以打幾點？」

「二十。」陳乞食輕聲回答。

「二十？哼！」那個人怪聲笑起來。「那麼我就打五十！」

「不！我看我們應該打平手。」

「平手？」那個人好半天才將他那張露出牙肉的嘴合攏來。

「好，平手就平手，」他突然帶有點揶揄的意味問：「——我們要來賭東道？」

賭東道，這正是陳乞食的意思。他知道這個矮小的傢伙已經被自己激惱了。於是，他故意猶豫了一下。

「那麼，你要讓我五點嗎？」他靦腆地低聲說。

「讓你十點！」那個人爽快地比著手勢。問：「賭多少？」

「五十塊。」

「一句話——你先開球！」

於是，比賽算是開始了。陳乞食知道他的對手脾氣很壞，所以他十分小心的應付著，他故意讓他領先幾分，甚至有時還故意給對方製造機會。

而比賽的結果呢，陳乞食贏了。我早說過他準輸不了的。不過，只贏兩分，在最後關頭扭轉大局。如他所料，那個矮小的傢伙臉紅脖子粗的叫起來了。因為他覺得他輸得太丟臉——輸給一個隨時有可能將檯布戳一個洞的人，簡直是奇恥大辱。陳乞食不敢響，順著他，而且還裝作自己運氣太好，不該贏的樣子。不過，罵歸罵，那個人倒是規規矩矩的將五十塊錢遞給他。

「失禮！失禮！」陳乞食謙恭地唸著。

那個人從那只塞得滿滿的小皮夾抽出一張鈔票，付了檯子錢，然後咕嚕著走出彈子房。當他跨出門檻兩步，忽然又抑制不住似的回轉身。

「你明天晚上還來嗎？」他不快活地問。

「嗯，我來的。」陳乞食回答。

「多帶點錢來！我兩塊贏你一塊！而且，再讓你五點，三十五比五十。我要讓你知道……」話沒說完，那個人又悻悻詛咒起來，走掉了。

陳乞食看出那個人說的不是氣話，所以第二天晚上他一早就到這家彈子房來了。同時，還出高利借了三百塊錢賭本。

果然，那個矮小的傢伙也準時到了。見了陳乞食，他劈頭就問：

「你帶了多少錢了？」

「三百塊。」陳乞食低聲回答。

「點數呢？」

「你說好了。」

「好？三十五比五十，兩塊贏你一塊。」那個人若無其事地擺擺手。「——你開球吧！」

這簡直是一個笑話。陳乞食就是閉上眼睛，也不只打三十五點。他也這樣想過；爽爽快快的，一桿打滿了，拿了錢就走；不過，他了解他的對手，他是一個暴燥而自大的傢伙，這樣做未免太傷害他了。同時，也為了六百塊錢的緣故吧，陳乞食還是耐著性子，讓他的對手領先。

現在，是三十二比四十五了，為了上述的那個理由，陳乞食故意在最後的三分裡失了手，將那四個球打到檯子的四個角上去。

那個矮小的傢伙被難住了。他走過來，又走過去，不知應該怎麼下桿才好。因為以他的技術來說，這應該算是完全絕望的死球，毫無得分的希望。

陳乞食在心裡笑了。他開始計劃怎樣慶祝這次可笑的勝利：那是絕對的，他認為應該狂歡一夜……

現在，他看見那個手足無措的傢伙皺著眉，用一種難聽的聲音向那位女計分員發問了：

「我還有幾點？」

為了慎重起見，計分員數了數架子上圓碼。

「五點！」她比著手勢說。

「五點！賽伊娘！五點……」那個人生氣地嘟著嘴，彎下身體，球桿在他的手上一前一後的試了老半天，才啪的一聲打出去——姿勢惡劣了！

可是，陳乞食看見那顆白球像著了魔似的撞到前面右角的紅球上，然後變了方向向左面九十度轉過去；於是，碰著了左角上的另一顆紅球——這簡直是一個笑話，它還沒有停下來。它奇怪的旋轉著，回到這邊的另一個檯角；不過，它的速率很快的慢下來，慢下來，慢下來了，在它完全靜止之前，正好碰上了那隻白球。

這簡直是一個笑話，只碰著一點點，微乎其微一點點。「馬斯（五分）！」那個女計分員大聲叫起來。

現在，陳乞食看見那個矮小的傢伙望著自己了。他的臉沒有一絲笑意，完全像是這場比賽贏得一點也不光榮的樣子。

民國四十二年五月十八日

潘壘全集17　PG1404

新銳文創
INDEPENDENT & UNIQUE

川喜多橋之霧
——三十前集

作　　者　　潘　壘
責任編輯　　李冠慶
圖文排版　　周妤靜
封面設計　　楊廣榕

出版策劃　　新銳文創
發 行 人　　宋政坤
法律顧問　　毛國樑　律師
製作發行　　秀威資訊科技股份有限公司
114 台北市內湖區瑞光路76巷65號1樓
電話：+886-2-2796-3638　傳真：+886-2-2796-1377
服務信箱：service@showwe.com.tw
http://www.showwe.com.tw
郵政劃撥　　19563868　戶名：秀威資訊科技股份有限公司
展售門市　　國家書店【松江門市】
104 台北市中山區松江路209號1樓
電話：+886-2-2518-0207　傳真：+886-2-2518-0778
網路訂購　　秀威網路書店：http://www.bodbooks.com.tw
國家網路書店：http://www.govbooks.com.tw

出版日期　　2015年6月　BOD一版
定　　價　　320元

國家圖書館出版品預行編目

川喜多橋之霧：三十前集 / 潘壘著. -- 一版. --
臺北市：新銳文創, 2015.06
面； 公分. -- (潘壘全集；17)
BOD版
ISBN 978-986-6094-08-8(平裝)

848.6 104008014

讀者回函卡

感謝您購買本書，為提升服務品質，請填妥以下資料，將讀者回函卡直接寄回或傳真本公司，收到您的寶貴意見後，我們會收藏記錄及檢討，謝謝！

如您需要了解本公司最新出版書目、購書優惠或企劃活動，歡迎您上網查詢或下載相關資料：http:// www.showwe.com.tw

您購買的書名：______________________________

出生日期：________年________月________日

學歷：□高中（含）以下　□大專　□研究所（含）以上

職業：□製造業　□金融業　□資訊業　□軍警　□傳播業　□自由業

□服務業　□公務員　□教職　□學生　□家管　□其它_____

購書地點：□網路書店　□實體書店　□書展　□郵購　□贈閱　□其他

您從何得知本書的消息？

□網路書店　□實體書店　□網路搜尋　□電子報　□書訊　□雜誌

□傳播媒體　□親友推薦　□網站推薦　□部落格　□其他__________

您對本書的評價：（請填代號　1.非常滿意　2.滿意　3.尚可　4.再改進）

封面設計____　版面編排____　內容____　文／譯筆____　價格____

讀完書後您覺得：

□很有收穫　□有收穫　□收穫不多　□沒收穫

對我們的建議：______________________________

____

____

____

請貼
郵票

11466
台北市內湖區瑞光路 76 巷 65 號 1 樓
秀威資訊科技股份有限公司 收
BOD 數位出版事業部

…………………………………………………………………………

（請沿線對折寄回，謝謝！）

姓　　名：＿＿＿＿＿＿＿＿＿＿　年齡：＿＿＿＿　性別：□女　□男

郵遞區號：□□□□□

地　　址：＿＿＿＿＿＿＿＿＿＿＿＿＿＿＿＿＿＿＿＿

聯絡電話：(日) ＿＿＿＿＿＿＿＿＿＿ (夜) ＿＿＿＿＿＿＿＿＿＿

E-mail：＿＿＿＿＿＿＿＿＿＿＿＿＿＿＿＿＿＿＿＿